实言微语

SHI YAN WEI YU

鄢敬诚 著

中国海洋大学出版社

·青岛·

图书在版编目（CIP）数据

实言微语/鄢敬诚著. -- 青岛：中国海洋大学出
版社， 2021. 11
ISBN 978-7-5670-3011-4

I. ①实… II. ①鄢… III. ①散文集－中国－当代
IV. ① I267

中国版本图书馆CIP数据核字（2021）第233869号

出版发行	中国海洋大学出版社
社　　址	青岛市香港东路23号　　邮政编码　266071
出 版 人	杨立敏
网　　址	http：//pub.ouc.edu.cn
电子信箱	1774782741@qq.com
订购电话	0532－82032573（传真）
责任编辑	邹伟真　　　　　　电　　话　0532－85902533
本书摄影	鄢敬诚
印　　制	青岛中苑金融安全印刷有限公司
版　　次	2021年11月第1版
印　　次	2021年11月第1次印刷
成品尺寸	145 mm × 210 mm
印　　张	4.75
字　　数	90千
印　　数	1 ～ 700
定　　价	56.00元

发现印装质量问题，请致电0532-85662115，由印刷厂负责调换。

谨以此书敬献给
我亲爱的父亲母亲

序 言

　　本书切入点：作者以一个电视新闻记者的视角，记录了工作和生活中的一系列人生问题，从不同的层次，对这些问题进行思考研究、分解剖析，以期与读者进行一次次心灵与精神上的交流，在这样一种形式的交流中，期待从中找到更好的方法，使人生更加顺畅、充满正能量，在人生前行的路上，确立更加明晰的人生目标。

　　在近60年的人生过程中，作者从事过军事侦察、医疗行政、媒体新闻记者等多项工作。多种职业，多种人生轨迹，也造就了作者对于人生多角度的观察、思考和分析。

　　"兴趣是最好的老师""微积累""多读书，多写作"是作者多年来不断学习和创作的不竭动力之源。在写作中，作者所采取的方式是首先与自己进行心灵上的对话，然后，将这些对话以纪实文学的方式，形成文字后，再与读者进行交流与碰撞，力争"抛砖引玉"，更好地"反激励"自己，更加珍惜这短暂且宝贵的人生！

　　在人生的征途上，我们需要不断反思，我们要一切向前看！

我们每个人的明天，都充满更加激烈的挑战，也有更加美好的希望！

尽管在这部纪实文学的创作与架构过程中，孤独感一次又一次地向作者袭来，但是，没有孤独感的人生，何来反思？作者的心中始终充满这样的希望："飘风不终朝，骤雨不终日。"（老子《道德经》第二十三章语），狂风暴雨过后，必现彩虹！

这部散文随笔纪实作品集，以"实言微语"为书名具有多种含义：一是作者的笔名为"子实"和"晓言"，"子实"也是作者敬爱的父亲早年给作者起的"字"；二是"实言"，就是实实在在地讲真话，不故弄玄虚、不弄虚作假、不哗众取宠，把自己亲身经历、亲自体验、亲笔记录的日常生活和工作，原原本本地呈现出来，还以原貌，让读者身临其境地感受，便于与读者交流；"微语"指作者以电视新闻记者的视角，还原"人生中的新闻现场"，以"微小"的新闻切入点，力争获得"微言大义"的创作意境！

春秋时的李耳（老子）在其《道德经》第一章中写道："道可道，非常道。名可名，非常名。无名天地之始，有名万物之母。故常无欲，以观其妙；常有欲，以观其徼。"

三国魏时，山东人王弼，对老子的《道德经》进行了注释，其中，"无欲，以观其妙"的"妙"字，注释为"妙者，微之极也。"也就是常说的"微妙"。"有欲，以观其徼"注释为"徼，归终也"。

如创作中有不妥之处，请读者给予批评指正，作者定虚心接受，并修正谬误。如创作中有不当之处，还望读者多多海涵，作者将诚恳地接受意见和建议！是为序。

2021 年 10 月 1 日国庆节
子实于青岛逍遥轩东窗书屋

目 录

邮　轮 ⮑─────

　　邮轮从母港码头驶向茫茫夜色的时候,船上的人们竟全然不知。就如同人在生命开始时的全然不知一样,当婴儿在母体的子宫中孕育时,一切都是悄然无声的。人们沉浸在登船的欢乐和喜悦之中,船上的一切却是新鲜和茫然的。

　　我也在这艘豪华的邮轮上,尽管我的职业是记者,遍访过许多地方,但是,邮轮这样一种交通载体,我还是首次登临,颇有新鲜感。我用自己的眼睛看世界,而且是当作人生的一种梦想在体会着与渡海时的滚装船大不相同的邮轮,我用自己的眼睛看邮轮,用心感悟着人生中的邮轮,也是在用自己的眼睛在看人生中的世界。因为,毕竟承载 4000 人的豪华邮轮上,便会有 4000 人的故事,每个人的故事都是不一样的。是的,有人的地方就会有故事,但故事的版本却是不同的。在我看来,大海就是人的母体子宫,而承载人们的豪华邮轮上每一位个体的生命,便与大海的生命息息相关了。

　　夜色茫茫,驶出母港的邮轮,被漆黑的夜色淹没在大海之中。承载 4000 人的豪华邮轮,停靠在码头时是一艘庞然大物,傲然海岸,从海面到船上高耸的烟筒足以使人仰望而弄酸了脖子。而当人们登临邮轮,驶向苍茫的大海之中时,便全然改变了临近船体时的感受,看看时不时在灯光映衬下泛起的碧绿的涟漪,如同绿宝石一般美丽,但是远处的一切却是黑黢黢的,甚至什么也看不到,只能听到哗哗的船体划破海浪的声音,没有方向感,也没有一点点多余的灯火。

一

此刻,我陷入一种激动,一种不知所措,一种怀念与敬仰,就在登船的一个半月前,我按照母亲生前的嘱托,为已去世一年的父亲和去世五年的母亲,在故乡八大关太平角的海边实施了海葬,海葬前的筹备是在临近故乡的锦绣园完成的,两只大口的玻璃瓶,用老人家生前特别喜爱的正红色的康乃馨花瓣一层一层地铺底,戴着白手套的双手小心翼翼地捧一层花瓣一层骨灰。父亲和母亲的骨灰颜色是完全不同的,父亲的微微有一些发黄,也许是他多年吸烟所致吧,而母亲的纯洁无瑕,雪白色的,没有一丝一毫的杂质,一如她生前做人的品行如此完美。我明白骨灰在化学上叫作磷酸钙,每一位个体生命的肉身在经历了无数复杂的过程之后,都将无一例外地变成磷酸钙,土葬也好火葬也好,从来就没有金刚不坏之身,无一例外,生命化学结构终将化为另一种形式而存在,这种形式在我看来,便是一种精神的而非物质的东西,只有生命转化的精神才是不朽的,这是真理!

我的生命中永远会记住父母海葬的那一个大海之夜,星光满天,波光粼粼。按照预定时间2019年10月26日深夜零时到来前启动仪式,然而,晚上9时许,潮水却突然退向了深海,近岸滩头暗礁裸露,不是我所预想的海葬现场效果。

电话的另一端,友人钰涛也没有休息,一直在惦记着海葬仪式的进展,在电脑旁耐心细致地查看水文潮汐预报,分析潮汐走向,并不停地通过电话安抚着我那颗悬而不安的心,友人告诉我,在海葬预定的时间到来之际,苍天和大海,一定会以诚相待那些善待父母双亲的好人,助力完成好父母人生的最后心愿,我相信了友人的善言。

因为一个人,当你在人生最困难、最无助的时候,能有一个人,能有一句发自内心的真挚的话语安抚你,哪怕甚至是不说话,仿佛隔空站在你的身旁,也是一种安慰和激励,这就是一种人性所在。

因此,我永远感恩那些,在我人生关键时刻,从精神上给予我无微不至的关怀和支持的人,是他们带给了我人生无穷美好的精神力量!

果然与水文潮汐时间是一致的,当全家人按照预定时间再次来到故乡的海边时,潮水缓缓涌向海岸,一排一排雪白的浪花,拍打着礁石海滩,这时的水声,变成了一种葬礼的乐章奏响。我们的人生就犹如大海中的水滴一样,既可以折射太阳耀眼的光辉,也可以汇聚成大海气势磅礴的力量!

葬礼有序,每一位后人,按照年龄身份,戴上白色的手套,从玻璃瓶中捧出鲜花伴随的骨灰,撒向苍茫的大海,那一刻,每个人的嘴上或心中都在念叨心中对已去亲人的感恩和怀念,这就是人的一生啊,与大海相依相偎,回归海之故乡了。

从 2019 年 10 月 26 日 23 时 9 分到 2019 年 10 月 27 日凌晨 0 时 9 分,整整 10 分钟,仿佛是漫长的一个世纪,仪式结束后的 2 分钟,突然从抛撒骨灰的地点的上空,一颗闪亮的流星,划出一道漂亮完美的弧线,划破星夜的天空,飞越茫茫大海,飞向了锦绣园(八大关临淮关 1 号别墅楼区),人们连连称奇,不解这一自然之谜。是自然的巧合,还是父母感知儿女已将他们的心愿实现,安然回到了久别的故乡!

二

邮轮在夜色中摇曳,苍茫的大海上,原先看似巨大无比的邮轮,显得单薄、孤立、凄冷,钢铁的船体摩擦着海水,海水负载着钢铁的船体,没有人的温度,更没有人的情趣和味道,钢铁构成的物件就是钢铁,人的构成却大不相同。

在西方音乐的伴奏下,人们进入就餐区,邮轮启航后,欢悦的游客似乎忘却了平日里的烦恼,忘情享用"饕餮盛宴"。

　　邮轮是一艘外国人经营的豪华级客轮,一次可承载 4000 多名游客。邮轮上的工作人员大部分是来自菲律宾、印度和欧洲国家的年轻人,也有一些中国的青年人。邮轮从船头到船尾几乎每一个部位都利用起来,与餐饮、游乐、购物、健身、美容、剧场、赌场等相关联。也就是说,邮轮就是一个流动的土地,在这土地之上,有着与陆地相关联的事务,也可以说,是在海上漂流着的一方社会,船上的游客此时仿佛什么都拥有,但一切都是暂时的。

　　据说这是从欧洲航线上调来的一艘拥有 10 年以上船龄的豪华邮轮,从中国驶向日本的长崎,也就是 1945 年 8 月 9 日,美国投下第二颗原子弹,促使第二次世界大战结束而著名的那个"原子弹"城市。

三

　　吃过自助餐饮过后的游客,又去别处寻找新的欢乐。酒吧、剧场、影院、商场、娱乐区到处充满游客的嬉笑打闹声,各地方言灌进

你的耳膜……让这个"世界"上的人产生了两种不同的感觉。

在邮轮的四楼有一处专门为 VIP 设立的就餐区,就餐的大部分都是豪华客房的客人们,有专属的服务人员点餐配送,他们礼貌而周到地做着自己所在岗位应做的工作。

邮轮三楼的就餐区域很大,定点为游客开放,客人就餐结束后,服务人员立即拼起一张大大的圆桌,肩膀上带有不同标志的航海人员,在指定位置坐下,主持这餐晚宴的是一位年近六旬的男人,其余人员都是一个人在饮酒小酌,只有他的左右两边各有一位穿着晚礼服的女郎,眼前一个个陪侍者,则是正襟危坐,随声附和,我在想,这个人大概就是船长吧。走出来看看这个鲜活的世界还是非常有必要的,这就叫陶冶,是金子是玉,总要经过火的历练,才能辨别真伪,邮轮的船长也好,船员也好,服务生也好,工作是工作状态,生活便是生活状态,自然不可混为一谈。

四

邮轮上熙熙攘攘,人来人往。专属吸烟室里烟雾缭绕,人们

恨不得把烟气统统吸到肚子里肠子里,随体辗转,再融化到血液之中,才算过瘾。

在邮轮尾部也设立了吸烟处,当我打开舱门刚刚走出来时,猛然间,一个熟悉又陌生的眼神直勾勾地扑来,这眼神让我猝不及防,走过去的身子又猛然转回来,因为,我分明听到了那个吸烟者的呼唤声,尽管这呼唤声气若游丝!

"怎么,是你?"

"你认不出我了吗?我是老莫啊!"

"哎呀呀,差一点弄错了人,我还以为你是——"

我真的有些认不出他来了,老莫瘦得脱相了。

"一个人吗?"

"是的,一个人。"

老莫反问我:"你退休了吗?"

我回答:"还差三年多。"

我问道:"你今年贵庚啊?"

老莫回答:"66 周岁。"

随后,老莫左手夹着香烟狠命地吸着,一口接着一口的,右手指指自己的肺部,面带苦涩地笑着说道:"这是最后的一次旅行了,留下的时间已经不长了,从邮轮上回去,就该走了,已经长满了,气也喘不动了,想坐一次邮轮,是第一次坐邮轮,也是最后一次了,从邮轮上再看一看大海真的不一样啊。"

他面部痛苦地看着我的眼睛,一位 66 岁的人看上去像是一位近 90 岁的老人,眼眶是黑黑的,凹陷的,眼眉和头发是灰白白的,眼珠里闪现的信号,是游弋的无神无光的,好似熄灭前流着泪的蜡烛,似乎是在作着人生的告别。过去的老莫,神采飞扬,许多他的故事在我脑海纷至沓来。我百感交集。

豪华的邮轮在苍茫的大海上继续着它的航行,一个班次又一个班次,换了一拨人又一拨人,故事还在继续,故事可能并没有《海上钢琴师》那么奇特凄美,但是,总的来说,每一个群体都有每一个群体的故事,每一个人都有每一个人的故事,只是性别、年龄、时间、地点、人物、情节不同罢了。

2021 年 10 月 2 日

子实于青岛逍遥轩东窗书屋

逆风而行　向阳而生 ▷━━━━

　　2020 年 1 月 20 日 19：00，央视《新闻联播》报道了习近平总书记部署关于防控武汉爆发的肺炎疫情的新闻内容。新闻的重要性一目了然，新型冠状病毒导致的武汉的肺炎传染疫情，已经列入国家紧急重要的防控任务，其传播速度之快，再加上中国春运人口大迁移，随时可能发生令人意想不到的后果。

　　当晚的央视节目《新闻 1＋1》主持人白岩松专访了国家健康

高级别医疗组组长钟南山。钟南山院士因 2003 年抗击非典而为国人熟悉,这次疫情发生后,他又亲临武汉调研,赴北京汇报。央视专访系现场直播,钟南山建议大家:鉴于武汉疫情,各地人员最好不进不出。

党和国家对武汉疫情高度重视,中共中央总书记习近平同志于春节大年初一在中南海召开中央政治局会议,研究部署当前疫情防范工作,这是史无前例的。之后,党中央多次召开中央会议分析疫情,部署保障人民生命安全的多项举措。以钟南山、李兰娟、陈薇等科学家为代表的全国广大医务工作者放弃春节休假,主动请缨,奔赴江城。全国各地的物资和驰援,也加班加点,陆续支援江城。

原本热热闹闹的武汉街头,在这个春节变得悄然无声,安静异常。马路上人员和车辆稀少。武汉,这座历史文化名城走进全国人民的视野,成为世界关注的焦点。不光武汉,全国各地 2020 年的这个春节,在平静背后开始了一场没有硝烟的战役,许多人正奔赴战场,与时间赛跑,与死神搏斗。

面对突如其来的疫情,武汉迅速建起了火神山和雷神山两所医院。医院建成后,中国人民解放军组建的上千人的医疗队接管并接收病患入院,接诊治疗社会上还未得到收治的感染者和疑似病例,集中排查,集中治疗。

党和国家的高度重视多措并举,带领全国人民攻打一场全国防疫战。经过上下齐心协力,几个月后,新冠肺炎疫情终于得到有效控制,但是疫情没有完全结束,防控的决心不能有任何松懈。我们始终坚信,在以习近平同志为核心的党中央坚强领导下,全国人民凝心聚力、众志成城,一定会取得最终的全面胜利,全国人民将过上宁静祥和、健康美好的生活。

2020 年 7 月曾发表于青岛市广播电视协会学刊《视听纵横》

民族的脊梁 ﹀————

　　我们中国人民，自古以来，就有民族的脊梁。

　　从字面上释义，脊梁，比喻支撑事物的中坚力量，比喻在国家、民族或团队中起中坚作用的人。从内涵上来讲，是一种或多种精神的具体体现，常指人的意志、胆量和节操。中华民族泱泱大国，上下五千年，多难兴邦。在中华民族每一个历史时期，每一次关键时刻，总是有民族脊梁一般的人挺身而出，感召天下。

　　历史的时针指向中国农历的庚子鼠年，春节的钟声尚未敲响，一场突如其来的新型冠状病毒感染肺炎疫情，把准备辞旧迎新的人们，打了一个措手不及。在习近平总书记亲自部署下，全国人民打响了一场声势浩大的疫情阻击战。中国人民解放军根据中央军委命令，组成上千人的医疗队开赴前线，其中不乏服役到期，即将脱下军装的医护专家。

　　在全国抗击疫情的战役中，钟南山、李兰娟、陈薇……成为这场抗击疫情队伍中的民族脊梁。

　　出身医学世家的钟南山院士，1936 年出生于南京，2020 年已经 84 岁。2003 年抗击非典时，作为专家，钟院士挺身而出，成为抗击非典的英雄。眼下，他仍然夜以继日地奋战在抗击疫情的一线上。作为国家最高级别医疗保健组组长,首次公开提出,鉴于武汉疫情,非紧要特殊情况,人员不进不出,为阻击疫情提供决断。

假如没有这次疫情,或许很多人不知道李兰娟院士,1947 年出生,浙江绍兴人,传染病诊治国家重点实验室主任,传染病学专家。今年 73 岁的李兰娟院士与钟南山院士,都是率先进入武汉疫区的医学专家。为了探明病因,他们冒着生命危险,研究探查,分析病因。她是第一个提出武汉封城的专家,及时做出决策,防止疫情更大程度地蔓延,做出了巨大贡献。

这是一种专业精神的严谨,也是对人民高度负责的精神。她在 2003 年抗击非典疫情时,实现了她所在的浙江省的医护人员零感染率,在全国起到了示范作用。李兰娟从小家境困难,从初中到高中到大学都是靠助学金来完成学业的,一直特别珍惜学习机会,她曾说过:我觉得,只有认真才能把事做好,重要的是,人得有事业心和责任心。

相较钟南山和李兰娟两位院士,1966 年出生的陈薇年轻许多。但就是这位 54 岁的军人,却大有青出于蓝而胜于蓝的才情。现任军事医学科学院生物工程研究所所长,1991 年清华大学硕士毕业,同年特招入伍,1998 年军事医学科学院博士毕业,2015 年获少将军衔。

早在 2003 年非典期间,陈薇就曾带领研究团队,完成的 30 所医院 14000 医护人员的临床科研任务,对一线医护人员防范感染起到了重要作用。获得第六届"中国青年科技创新杰出奖"。

汶川地震,陈薇曾担任国家卫生防疫组长,赴灾区一线。她还带领团队自主研发重组埃博拉疫苗获得临床许可,相关成果在国际上发表。此次武汉疫情,陈薇将军奉命进入疫区第一线,牢记使命,勇于担当,表现了当代军人的风采,体现了勇于担当的情怀。

钟南山、李兰娟、陈薇，都是在尽一名中国人的本职和本分。他们是千千万万个奋战在抗击疫情一线上广大医护人员和广大科研人员的杰出代表。还有成千上万的人，乃至全国人民，众志成城，凝心聚力，全力打好这次全国疫情阻击战。

这就是中国人的脊梁。

2020 年 5 月曾于青岛市广播电视协会学刊《视听纵横》发表

英雄出自平凡的人

　　我完全相信自己的判断，并且可以肯定地说，每天傍晚时分与我擦肩而过的那个人，就是"三巡宇宙苍穹"的航天英雄景海鹏。

　　自 2020 年年底至 2021 年的 1 月下旬，我几乎是每天晚上从电视台下班后，都要沿着岛城五四广场、音乐广场走向驻青部队疗养区的雕塑"天地间"。几乎是在每天的同一时间，同一路段，都会遇到这位身着普通暗红色服装，头戴一顶浅色帽子的人，他与我擦肩而过时,我们的眼神交汇,仿佛有着一种不便言说的默契。

他总是一个人在散步,周边并没有保镖和警卫,他如今是少将军衔,国家的英雄,却没有社会上各种"明星"的做派,一如平常地行走着,行进在茫茫的人海中。

从公开的资料我们可以看到这位航天英雄的成长足迹,他曾是我国神舟七号、神舟九号、神舟十一号的航天员,1966年出生于山西运城。景海鹏年少时家里仅靠父母白天挣工分,晚上捆扫帚挣钱,供他们兄妹三人上学,家庭十分困难,景海鹏还差点为此辍学。但他从小就想当飞行员,人生的理想,一次又一次让他百折不挠地克服学习中的困难,从飞行学员到一级飞行员再到航天员,他以平凡人的脚步,踏踏实实地走到今天的航天英雄之位。继2008年完成神舟七号载人航天飞行任务,2012年天宫一号与神舟九号载人交会对接,2016年10月19日凌晨,在神舟十一号飞船与天宫二号成功实现自动交会对接三个小时后,景海鹏成功打开天宫二号实验舱门,顺利进入天宫二号空间实验室,成为第一个进入天宫二号的航天员。他被党中央、国务院、中央军委授予多种荣誉称号,并获评三巡苍穹的英雄航天员。

与航天英雄景海鹏的偶遇,让我在注目敬重的同时,也想到了人类历史中的许多英雄,比如第一个进入太空的地球人加加林,他15岁就进工厂当翻砂工,但每天坚持去工人夜校学习,他还利用业余时间学习飞行,后来成为一名军队歼击机飞行员,又从3400多名飞行员中脱颖而出,成为第一名宇航员。

景海鹏,加加林,还有世界上许许多多各行各业的英雄们,他们都是出自平凡的家庭,而一步一个脚印走上了英雄的道路。他们凭借的是坚定的信念,优秀的品质,健康的身心,乐观主义的精神,坚忍不拔的努力学习和敢于吃苦耐劳的坚强毅力。

2021 年 1 月 31 日

子实于青岛逍遥轩东窗书屋

生命的强者 ▷────

　　如今的我已近花甲之年，每天下班后，总是要步行锻炼，少则
1万步，多则3万余步。经年累月，积劳成疾的身体，也在每日的锻
炼中，日渐强壮起来，不仅如此，最为关键的是，在步行中构思了几
本作品，也都正式出版了，精神越加坚强，视野越加开阔了，这些人
生中的变化，既有对生命的认识和敬畏，更有一位张大哥带给我的
生命启示，他是一位令我非常敬佩的人。

那是 20 多年前的事情了,因宣传报道工作的超负荷运转,我病倒在了新闻采访的工作岗位上,这对于正处在工作上升期、理应做出更好成绩的这样一个年龄段上的人来说,是一个近似毁灭性的精神打击,毕竟才 37 岁,正是干事创业的时候。

正当因身体的原因,导致精神颓废的时候,一个人出现在我的视野中,他蓬头垢面,衣衫褴褛,精神似乎也不太好,每天在海边的路上遇到他时,总是见他穿着厚厚的破烂的胶皮鞋底的军用黄色胶鞋,腿脚也不十分利索,就这样一个劲地走啊走啊,仿佛眼前没有穷尽的路,仿佛只有这样坚定地走下去,就是他生命的全部所在。

对于人生中这样一位形象的突然出现,起初我很不适应,但是随着时间的推移,我的心中油然而生出一种敬佩,心想:这样一位看上去身心都有残疾的人,都能够每天坚持走那么长的路,而且风雨无阻,春夏秋冬,日日坚持,我的自身条件比他要好得多,无论年龄,还是病况,都比他轻,这位大哥能坚忍不拔,我为什么不能向他学习锻炼呢?!

就这样,自从 2000 年起,我只要完成工作、学习和照顾老人等日常事务,接下来的活动,一定是走路锻炼,而且是边走路边思考架构要创作出版的书,一坚持就是整整 20 年,真实榜样的力量是无穷的! 20 年来,不仅照料了 4 位老人,还用 10 年的时间,在每日的走路锻炼回家后,利用夜晚创作出版了 6 本书。

2021 年的新年前夕,在青岛的五四广场与音乐广场之间,当再次遇到这位大哥时,我终于鼓起勇气,主动与他打招呼,这时,他停下脚步,与我对视,目光慈善又充满好奇,像是久别重逢的老朋友,进行了愉快而深入的交谈。他的身体与以前大不相同了,精神状态非常好,气色红润,完全像是换了一个人!

我像是在完成一次采访似的刨根问底儿,他也毫不保留地实话实说。他告诉我他姓张,属虎,今年已经 71 周岁了。1966 年从青岛 29 中毕业后在粉末冶金工作,他的一生曾四次死里逃生,化险为夷,至今独立生活。6 岁时,玩耍不慎摔伤头部,生命危在旦夕,经抢救总算是捡回了一条命;十几岁时,脚上扎了生锈的钉子,没有及时告诉家人,结果得了破伤风,经医院抢救又捡回一条命来;他的右手曾被高压电击伤,已经不行了,结果又被抢救了回来,至今包裹着棉手套;在粉末冶金工作时,高浓度的粉尘排除不畅通,结果粉尘重度中毒,昏死在岗位上,同事们发现时,他已昏迷,奄奄一息。他为此提前病休离开了岗位,随着父母的离世,他独自生活。

但是,他并没有被不幸的命运所击垮,用步行锻炼,使枯萎的生命之树,不断焕发出新的光彩。他自制了 120 多双"套鞋底",张大哥解释说,你当时看到的我穿的破鞋底,其实是我用两双军用黄色胶鞋套起来穿的,把一双穿旧的胶鞋,从前边剪开,把另一双套在里面,这样的鞋底就是一双现在的"高回力"的鞋底,适合长久走路,又不伤脚。张大哥高兴地比画着说,我不仅走路,后来还健身,的确,他的体型如今非常健美,看上去非常健康!张大哥一改 20 年前的精神面貌,不仅给我讲走路心得,讲健美锻炼,他还非常喜欢读书,涉及历史、哲学、文学等,侃侃而谈,彬彬有礼,学识渊博,博古通今,令我耳目一新,受益匪浅,自愧不如,刮目相看!

现年 71 岁的张大哥,不惧生命的艰辛,常年与命运搏击抗争,他的无畏,他的坚持,使他争取了自身命运的主人地位,他是来自人生海洋中闪亮的水滴,折射太阳的光芒,照亮我前行的道路,他才是一位当之无愧的生命的强者!

2021 年 3 月 1 日

子实于青岛逍遥轩东窗书屋

一个包子皮引发的感想

　　2021 年的 3 月,是中国的"牛年兔月","春分"时节,我们出生于 1963 年的高中同学,"一群兔子",进行了新的一年的第一次聚餐,商量着如何举行一次活动,纪念一下高中毕业整整 40 年。时间真是不经混的,眨眼之间,这群"兔子"就已年近花甲了,在座的女同学都已退休好几年了,而且有的都已"晋升"姥姥"职位",家里健在的长辈们也都是"期颐之年"的百岁老人,眼看着我们也都"老了",庾信的《枯树赋》讲:树犹如此,人何以堪!这就是"天道",这就是自然规律,无论生活是好是坏,无论挣钱是多是少,无论职务是大是小,我们终将无一例外地变老,都要退位,都要更新换代!

　　"AA 制"的同学聚餐,菜品丰盛,望着这满桌的美味佳肴,不知怎么的,我的思绪立刻飞回到 40 年前的部队,可能是"老了"的缘故吧,现在总是时不时地沉浸在往昔岁月的回忆之中。2021 年,既是高中毕业 40 年,也是当兵入伍 40 年,1981 年,高中刚刚毕业三个月就当了兵,离开家乡,走向军营。正是人生芳华的年龄,最美好的青春岁月都献给了祖国的国防事业,但至今无怨无悔!

　　部队的生活在 1981 年,比起现在还是艰苦了许多,东北的伙食基本上是高粱米和"萝卜豆",偶尔的一次伙食改善,就跟过年一样的欢喜。到了 1983 年,驻高山岛屿部队的伙食有所改善。也是在这一年,连队发生了一件事,让我终生难忘!

有一天,连队改善伙食,中午吃包子。突然,紧急集合的警铃拉响了。当过兵的人都知道,紧急集合的铃声,非演练和特殊情况下,那就是战斗命令啊,非同小可!已经吃完饭和正在吃饭的战友们立即飞奔列队,等待紧急命令的下达。

连长姓刘,东北吉林人,高个子单眼皮,不怒三分威,训起兵来更是严肃,毫不客气!那天,他没有佩带手枪,却是一脸的严肃,让值班的副连长整队后,集体带到炊事班的泔水缸前,大家正纳闷呢,连长这是怎么了?这大中午吃饭的点,好不容易才吃顿包子改善生活!

连长训话了,让全连人看泔水缸,问大家看到了什么——

大家不看不要紧,一看就在心里骂开了,这是哪个"缺德鬼"啊,怎么能这么糟蹋来之不易的粮食啊!只见泔水缸的混杂水面上,漂着一个白白胖胖的包子皮啊!

"现在的我们可是厉害了,觉得一个包子皮,有什么大不了的,不就点白面吗,还用这样的兴师动众地搞什么'紧急集合',搞什么'泔水缸'前的教育反省!现在,哪一家饭店,哪一个餐桌上,不都是大鱼大肉,饺子馒头的整盘整碗的吃不了就倒掉,有了,往往就不珍惜了,这就是'败家子'的预兆!有诗曰:'朱门酒肉臭,路有冻死骨。'俗语讲:'饱汉子不知饿汉子饥!'谁还管将来的死活啊!浪费就浪费吧,而且还在浪费中自得其乐!好东西多了,就不知道珍惜了,现在有的时候,牛奶也往地沟里倾倒,各种水果也往垃圾箱里扔,这样的情景现如今看到的多了,绝非个例,而是带有社会共有的现象,这种共性的事情,总是让我产生一种莫名其妙的担心与后怕!总是在想:现在随意浪费的东西,在不久的将来,还能够吃得到吗……"

那一天的中午，全连站在太阳底下，面对泔水缸里的白白胖胖的包子皮，"罚站"将近一个多小时，连长才命令各班带回，开班务会深刻讨论反思！

在全连静静面对泔水缸里的白白胖胖的包子皮，进行深刻反思的时候，我清清楚楚地记得，我想起了爸爸妈妈曾经给我讲到的一个故事：旧社会，有一个地主家有地有钱又有粮食，地主家的少爷，吃饺子时，总是让家里的雇的长工用剪子剪掉饺子捏起的边边，伺候他的长工照做了，但是，每次都将剪掉的饺子边边，偷偷晾晒起来，然后收藏好。有一年，天降暴雨，洪水泛滥，人们四处逃命，长工背起收藏好的，曾经帮助地主少爷剪掉丢弃的饺子边边，靠这些保住了性命。而地主和他的少爷儿子，手握金子，却买不到一粒粮食，活活饿死了！

当然，这是当年爸爸妈妈讲述的故事，是为了教育我们这些后生们爱惜粮食！故事是可以虚构的，现实可是实实在在的，尽管这件事情已经过去 40 多年了，但是，仍然记忆犹新，为什么呢？因为，社会现实再次给我们的未来敲响警钟，全球 70 多亿人口，还有许多人吃不上饭，吃不饱饭，未来的环境变化，土地沙漠化，土壤重金属超标，已经严重威胁到粮食安全。人要活下去，必须有饭吃，这是真理！劳动成果的随意糟蹋，破坏与浪费，只能将人们自己逼上绝境，这，绝非是危言耸听！

我们这次"AA 制"同学聚会非常好，毕竟都是受过教育的人，酒足饭饱之后，将餐桌上的食品打包带回，大家高高兴兴地话别，这次聚会的形式是：简约、节俭和热烈！

2021 年 3 月 23 日

子实于青岛逍遥轩东窗书屋

连队包饺子的故事 ⊃————

　　中国的南方人和北方人的过年习俗差别还是很大的，南方人过年吃年糕之类的食品，而北方人过年必吃饺子，不吃饺子那就不叫过年！连队的士兵来自五湖四海，也就有了各种故事。

　　我十八岁时，高中刚刚毕业，便来到位于大连旅顺基地的海军北海舰队某特种部队当侦察兵。20 世纪 80 年代初，部队和居民一样，生活有待改善，那时，在位于我国东北的旅顺，连队基本主食是高粱米,因为东北盛产高粱米,高粱米是红色的,煮出来的高粱米饭,我们称为"红烂漫";东北还盛产大豆,主菜基本上是浸泡过的黄豆加上萝卜丁和八角大料,用盐水煮一下,这道菜叫"萝卜豆";再就是炒茄子干,把连队农副业生产的茄子,自己加工,切成片,晒干后,备冬季连队食用;再就是大白菜腌制成酸菜,做成酸菜炖粉条。大约到1983年,驻高山岛屿部队开始按照上级要求改善伙食标准,高粱米逐步被大米和次米混合的"二米饭"替代,面食也在增加。

到了春节,除夕的中午开始包饺子,以班为单位,班长张罗着大伙儿,讨好炊事班班长和司务长,争取饺子的白菜馅里能多加点花生油。那年,从新兵连初下连队,南方来的老夏和我这个北方来的兵,分配到了一个排,叫指挥排,又同在一个班,叫观察班,一起当侦察兵,老夏瘦瘦的、黑黑的、中等个头,跟我差不多高,说起话来,尽管是普通话,但是吴侬软语,让我这个北方人,总是在半听半猜他的讲话内容,如果他用家乡语,那可就是一句也听不懂了。有道是"十里不同俗,百里不同语",来自"五湖四海"的士兵,在部队这个大家庭里,关系处得还算和谐,有军歌唱道:"战友战友亲如兄弟,革命把我们召唤在一起,你来自边疆,他来自内地,我们都是人民的子弟。"连队的生活大致如此。

话说各班张罗着包过年的饺子,改善生活,热热闹闹,可唯独我们班的老夏"按兵不动",班长和战友怎么叫他,他都不理睬,这可就来了问题,大伙儿正纳闷呢,还是一个有"经验"的"老兵"振平兄,操着浓重的塘沽口音,连哄带骗地问出了老夏的实情,原来,这位南方来的兵,过年不吃饺子,也不会包饺子,按照他们家乡的风俗,过年是要吃年糕的。部队生活是统一有序的,不能说不吃饺子,就不包不吃饺子了!我原来在家里不吃香菜,可到了部队,大锅饭,一开大锅,哗哗扔进去几把香菜末,用大勺子搅和搅和,吃不吃由你,结果,时间长了,不仅开始吃香菜了,而且现在,香菜炒肉丝,竟然成了我的最爱,要不说:部队就是大熔炉,不惯毛病!经过部队锻炼的人,会改掉原先许多生活中的习惯,锻炼全方位的适应性。这,也就是人生的成长!

老夏是怎么哄怎么劝也不听,就是不参加班里的包饺子活动,而且,明确表示:"我不包,我也不吃。"

班长没辙了,只好让他上山站岗,把哨位上的北方兵替换下来包饺子,老夏很不情愿地站岗去了,换下来的兵,很快跟大家伙一起,高高兴兴包饺子过年。就这样,老夏一个人在山上独自站了两班岗,几个小时过去了,高度警觉地值班站岗,让他很疲惫,下山时,拖着疲惫的步伐,肚子空空如也,饥肠辘辘。

其实,我们连队,从老兵到新兵,除了老夏,还有许多来自南方的战友,都是一起包饺子过年。那时,我们的军人补贴,是每人每月7元钱,不管有钱没钱的,大过年的,除了各班包饺子,军营大门是不能擅自外出的,即使外出了,也买不到任何东西的,因为过年了,原本就零零星星的小卖部,人们也都早早地打烊关门过年去了。

那时的部队也没有冰箱,没有现成的储备食品,炊事班不开伙食,所以,唯一能吃的年饭就是饺子!

大伙看着站岗回来后的老夏,都纷纷劝他吃饺子,哪怕是吃几个尝尝也好嘛!老夏实在是顶不住饥饿,大伙儿都躲开了,他独自一个人待在食堂,起初,像是活遭罪似的"敌视"着碗里的饺子,吃一个,再吃一个,又是一个,再来一个,满满两大碗饺子瞬间不见了,他还在寻找另外盆里的饺子,当我再次走过炊事班的食堂时,分明真真切切、清清楚楚地看到他松了松裤腰带!

自那次过年包饺子的事情过去了很长一段时间,我曾经悄悄问过老夏:饺子好吃吗? 老夏那次给我的回答很实在:好吃!

这件事,我一直当作人生中的权事。所以,每每想起这个春节包饺子的故事,我总是会心地一笑,心想:人生啊,没有什么是不可改变的!

有趣的是,1986 年 10 月,在我从部队回到地方工作之前,老夏刚好从训练团培训回来了,他"提干"了,是一个副排级干部,调去当"司务长",这个干部岗位的职责正是负责连队伙食管理。

2021 年 3 月 22 日

子实于青岛逍遥轩东窗书屋

从《芳华》中的刘峰想到"雷锋精神"

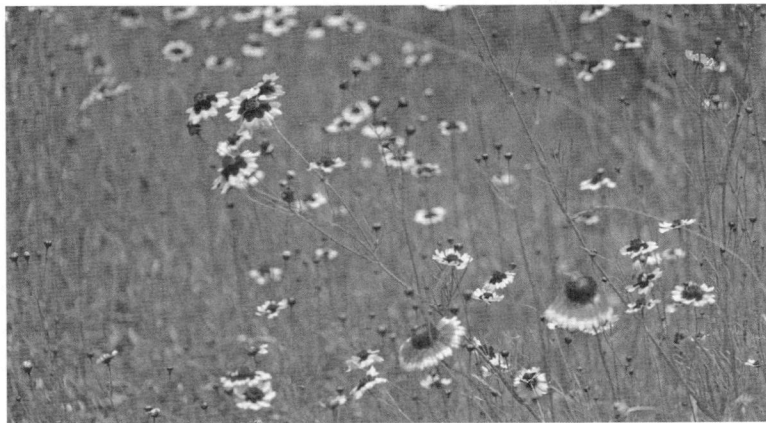

　　《芳华》是著名作家严歌苓的作品，5 年前严歌苓将其改编成电影，引起了许多"过来人"对青春岁月的追忆，一时间引起许多同时代人们的强烈反思与共鸣。这部电影我反反复复看过许多遍，每看一遍，都能得到新的收获。这或许与我的人生经历有关，既当过兵，也经历过"雷锋时代"和"雷锋精神"的培育与熏陶。

　　在毛泽东同志向全国人民发出"向雷锋同志学习"的号召下，1963 年 3 月 5 日被确定为学雷锋纪念日，而我也是在同一年出生，因此，到 2021 年的 3 月 5 日，"雷锋精神"伴随了我整整 58 年的人生,对我产生的影响是一辈子的事情,至关重要。

严歌苓作品《芳华》中的男主角叫刘峰,从基层连队调到部队文工团跳舞蹈,文工团的人们都叫他"活雷锋",这位山东籍的军人,有着雷锋一样的朴素与朴实,好事总是让着别人,脏活累活总是抢着干,因此,人们也就习惯了他的这种甘愿奉献的"雷锋精神",他也因此获得了许多方方面面的表彰奖励,人们把他等同于雷锋一样看待。

我与刘峰是同时代的人,都经历过"雷锋时代""雷锋精神"的培养教育,因此,我深知刘峰的学雷锋,是真正的学雷锋:

对待同志像春天般的温暖;

对待工作像夏天一样火热;

对待个人主义像秋风扫落叶一样;

对待敌人像严冬一样残酷无情。

刘峰学雷锋,是实实在在地行动,而并非像一些人,口是心非,故作姿态,借机攀爬。刘峰虽然"后来不被善待"、下放基层伐木连,虽然后来在战场上流血流汗,与战友们一起同生死保家卫国,虽然受伤残疾,转业回到地方经历工作和生活的种种艰辛,但是他仍然心存善良,就像何小萍送别刘峰去伐木连时的一段旁白:"也许只有何小萍明白,一个不被善待的人,最懂得善良,也最珍惜善良。"

"雷锋精神"在历史的进程中,总是在以各种形式,在各条战线上,展示着,实践着,不断涌现出一批又一批雷锋式的好同志。

在我看来,无论历史和时代发生怎样的发展与变化,"雷锋精神"都是一种善良的、朴素的、美好的人生品质和精神的体现与践行。"雷锋精神"将永远与人格品行善良的人同在,永远都不会"过时"。

2021 年 2 月 2 日

子实于青岛逍遥轩东窗书屋

又见墨兰花盛开

　　在我眼里,墨兰是最"通人性"的一种花。为了纪念父母双亲,2019 年的春节前夕,我特意去花市请回了一盆墨兰,到 2021 年的春节,连续三年,年年花香四溢,叶色翠绿,花露如琼浆玉液般挂在兰花的枝头,晶莹剔透,折射着太阳的光芒,仿佛呈现出一种生命力量的盎然勃发。

　　我的父母双亲,特别喜爱兰花,过去住在八大关太平角的"赤松小舍",门前便是父亲的小花园,小花园面积不是很大,但是父亲种植的花木品种很多,其中,尤其属兰花的品种最多,父亲辛勤浇灌,仔细培植,在花开的时候,总是特别地高兴,他指着盛开的兰花告诉我,这是春兰,这是剑兰,这是君子兰,这是墨兰——一边说给我听,一边在眼中闪烁着平日里难得一见的喜悦光芒。

　　那时,我总是特别好奇,为什么父母双亲这般喜爱兰花?而且父亲在平日里的书法和绘画中,也多是以兰花为题材进行创作。比如,父亲在耄耋之年赠我的写意国画《芝兰并茂皆宜人》,画面上就是灵芝簇拥中盛开的兰花,而且兰花的花瓣使用的是朱砂红色。2021 年,是父亲离世后的第三年,每每看到他赠送我的这幅兰花作品,总是带给我不同的人生思考和深深的感念!还有一幅父亲赠

我的作品,也是写意兰花,在画的题跋上,父亲写下这样的话语:

坐久不知香在室

启牖时有蝶飞来

创作这幅作品时,父亲已是耄耋之年,可见,当他创作兰花题材的书画作品时,心情是多么的开朗啊!

父母健在的时候,我总是忙学习,忙事业,忙所谓的人生,没有很好地静下心来,仔细体味他们潜移默化教育子女成长的良苦用心。把父亲的兰花作品,只是当成他的一次创作,而没有很好地仔细揣摩他为什么总是以兰花为题材进行创作,为什么父母双亲总是这般的喜爱兰花。

当父母双双离开这个世界,当看到我为他们用心培育浇灌的墨兰三度盛开,当再次欣赏父亲赠送的兰花绘画,当反反复复诵读古代先贤创作的《幽兰操》《猗兰操》的美文,当古曲伴奏下的《幽兰操》美妙的歌声绕梁三周,如兰之馨香,萦绕心怀的时候,我才慢慢感知父母对我人生的关照，是那么的细致入微，舐犊情深啊！

> 兰之依依
>
> 扬扬其香
>
> 众香拱之
>
> 幽幽其芳
>
> 不采而佩
>
> 于兰何伤
>
> 采而佩之
>
> 奕奕清芳
>
> 雪霜茂茂
>
> 蕾蕾于冬
>
> 君子之守
>
> 子孙之昌

通过《幽兰操》这样优美的诗词句章，我找到了父母双亲喜爱兰花的诠释与答案,从而也深深体会到:人生一世间,应如兰花一般品行高雅,将馨香悄然释怀,将生命静静怒放。"兰为王者香""兰生幽谷,不因无人而不芳""荆棘之中,其花更硕茂矣"。

做人应如兰,清气满乾坤!

2021 年 3 月 4 日

子实于青岛逍遥轩东窗书屋

关于"孝顺"与"顺孝"

  关于"孝顺"与"顺孝",一直是我长期以来跟许多陪伴老人的同龄人探讨的话题之一。实际上,这也是一个大家和全社会共同需要面对的话题。

  大家都知道,中国的传统文化,是由"儒释道"三者为根基而组成的,其中,"孝文化"是儒家的重要内容,包含在"仁爱"这个儒家思想的核心内容之中,仁者爱人,特别体现在家族与宗族的传统文化中。比如,诞生于齐鲁大地上的儒家思想认为,婴儿从出生后的三年之中,始终是在父母温暖的怀抱里抚育成长起来的,因此,当父母离世后,理应"守孝三年",以此表达对父母的养育之恩,古代朝廷中为官者,也要告辞岗位,回归故乡父母身边"守孝"。即使社会发展到今天,对于故去的亲人,也仍然讲究着中国传统文化中的"三七""五七""百日""周年""春节""清明""重阳"等许多特定的缅怀日,告慰亲人,感念亲人,追思往昔,这些有着与以往"守孝三年"同样的目的,都是在于不要忘记我们从何而来,不要忘记父母曾经给予我们的养育之恩,不要忘记寻根溯源。

对待逝者,我们尚且可以这样一代一代地传承和追忆,那么,对待生者,我们也应该尽到我们的赡养义务和责任,这个义务和责任的实施过程,其实也就是我们中国传统文化中的"尽孝文化"。尽管,现在社会化服务正在加快建设,养老院、福利院、家庭保姆等形式多样,如雨后春笋,蓬勃发展,但是,"尽孝文化"却未曾片刻离开中国社会,如何尽孝,怎样才能尽好做儿女的"孝道",特别是当今全球经济和各种意识飞速变化,"重力加速度"似的生活形态和工作状态,已经使身在职场中的人们分身乏术,"老龄化社会"的快速出现,则更加令陪护老年人的子女们不堪重负。因此,如何尽孝,始终是当今人们的重要探讨话题。做儿女的,能尽心尽力,尽职尽责地尽好自己的孝心,实属不易!正应了那句老话:"家家有本难念的经!"

在我看来,"孝顺"与"顺孝"这两个词组,尽管是次序先后微调,但是在赡养过程中意义却大相径庭。"孝顺"和"顺孝"是完全不同的两个概念。

如果说"孝顺"是儿女们自觉地按照国家的法律、法规和自己的心愿,尽心尽力地赡养好照顾好自己的父母亲人,那么"顺孝"

则是在实施赡养照料过程中的一种行之有效的方式方法。

我曾经听到许多人们抱怨：总是出力不讨好！这是为什么呢？

也就是说，自己感到尽心尽力，尽职尽责了，为什么被照顾的人，反而有许多的埋怨？

原因应该是多方面的。有的是因为老人随着年老出现"失忆"等症状，就如同一个"老小孩"，即使按时吃饭喝水，也说自己没吃没喝，做儿女的应当理解，要像"哄小孩似的"善待他们。

还有的老人，与生俱来性格倔强，要强了一辈子，不服输，不服老，我们应该因势利导，让他们逐步接受自己已经进入老年阶段了，需要生活等诸多方面的照顾这样一种现实。

还有一些问题，就是儿女总是按照自己的意愿办事，而没有揣摩老人们的心理，这就需要我们反思一下，假如我们年老了，会不会也像他们现在一样呢？因为，人都是要变老的，这是客观事实，无人可以逃避这样的客观规律。这时的儿女们与被陪护的父母亲人，从被陪护者的一日生活制度到餐饮口味习惯，形成一种统一的思维方式，"顺从他们的意愿办事"，他们怎么高兴，怎么满意，我们就怎么来，这就是我所理解的"顺孝"，"顺"就是"孝"，这种"顺孝"让我们将来不后悔！

2021 年 3 月 3 日凌晨
子实于青岛逍遥轩东窗书屋

清明日记（一）：潜在的心理创伤

苦难中的精神财富——真由美，我们爱你！

导演：佐藤纯弥
主演：高仓健
中野良子
原田芳雄

追捕
一部改变过我们思考和生存方式的电影
MANHUNT

深圳市先科娱乐传播有限公司

2021 年清明小长假的第一天，从网络上看到两则有关新闻人物的文章，这两位人物都是世界影视重量级"大腕"，一位是刚刚于 2021 年 3 月 24 日去世的日本著名演员田中邦卫，享年 88 岁；

另一位早在 2017 年就曾"一声叹息"，声称"自己活够了"，并早早为自己准备好了坟墓的法国著名演员阿兰•德龙，至今仍然健在的他，也已是 86 岁高龄了。

在中国的清明时节，媒体上同时投放这样两位国际影视大腕的生生死死的人生话题，让我阅读后，不免心生感慨和思考。其实，人的一生，本来就是关于生生死死的过程，只是这样的两位演员，在中国观众的心目中特别熟知而显得其人生的话题分量就格外的重！

我认识并深深记住日本演员田中邦卫和法国演员阿兰•德龙，是源于他们的两部著名影片，一部是日本的《追捕》；一部是法国的《佐罗》。这两部电影，同当时引进的多部影片，比如日本的《望乡》《人证》《沙器》《远山的呼唤》《幸福的黄手帕》等都是上海电影译制片厂在那个时代的经典译制片佳作。一批著名配音人员应运而生，其美妙的音色将经典台词浸润到观众的血脉中，令人至今难忘。

也就是在那个时候，日本电影《追捕》于 20 世纪的 70 年代，率先被引进中国市场，于是，饰演"杜丘"的高仓健，饰演"真由美"的中野良子，饰演"横路敬二"的田中邦卫，就深深地烙印在每一个中国观众的心中。在《追捕》中，田中邦卫饰演的"横路敬二"是一个大反派，这个"配角"在警视厅犯罪嫌疑人现场指认中，面对检察官杜丘，他只有一句台词："就是他！"指明了杜丘存在犯罪的可能性，让观众深深记住了"横路敬二"这个具有"国际统一模样"的坏人形象。他饰演的坏人如此惟妙惟肖，这一出彩的配角，恰恰反衬了主角高仓健饰演的"杜丘"，一个在阴谋中被诬陷的正义的检察官形象。"没有好，哪来的坏"，艺术作品就是展示生活中的不同的两面给观众看。

　　说实话,田中邦卫先生比起阿兰·德龙,的确是"其貌不扬",后来,但凡看过《追捕》的人们,有时会把一些特殊情况下的"特殊模样的人",称作"横路敬二。"但是,从有关资料介绍中看,田中邦卫先生是日本国宝级的"金枝绿叶"般的演技派演员,出演作品很敬业、也很到位,很有口碑。他饰演的"横路敬二"也好,还是其他作品,皆很出色,据说,他饰演的一部《北国之恋》中的父亲角色非常感人,一直期待专门抽出时间观赏他的角色演绎。在中国清明时节的今天,2021 年 4 月 3 日,从媒体上获悉他不幸离世的消息,我心中颇有不舍和怀念,凡是为人类的文化和文明进步做出贡献的人,无论他身在哪个国家,身处何方,我们都应该缅怀和感谢他们,曾经为人类创造的精神食粮。所以,今天的网络上,对于田中邦卫先生,中国观众充满怀念和一片赞扬之声,就如同《追捕》中的"杜丘"扮演者高仓健先生于 2014 年去世后,中国观众对他的深切怀念一样,充满着对逝者深深的敬意!

　　中国的清明节,就是人们怀念先人的时候,不知道为什么,今天的不同媒体上,登载了阿兰·德龙的人生文章。法国著名演员阿兰·德龙先生,也是我非常喜欢的一位国际著名演员,他饰演的《佐罗》中的"佐罗",为百姓伸张正义,不畏强权,除暴安良,塑造了非常正能量的形象。

　　从外观形象上来看,阿兰·德龙先生与田中邦卫先生,有着"天壤之别",然而,从看到的报道与资料上显示,比田中邦卫先生小 2 岁的,也就是 2021 年已经是 86 岁高龄的阿兰·德龙先生,他颜值很高,在当时的法国影星中,可以说属于"全世界最英俊"的男人,他在出演《佐罗》时,已进入不惑之年,却依然魅力十足;他拥有可以与法国总统不下上下的上流社会的一切,经历了无数人的崇拜和喜爱,拥有几任妻子和子女,尽管如此,但是他并不感到幸福,

2017 年，他公开表示对这个金钱社会和时代的厌恶，称自己活够了，甚至为自己备下坟墓，随时准备死去！这种种的言行，与其以往出演的各种具有正义之感的公众形象大相径庭。当我读完相关的文章我才知道，原来，阿兰·德龙先生具有心理学上的"潜在的心理创伤"！在他 4 岁的时候，父母离异，将他寄养，这是亲生父母的对他的第一次抛弃，在他 17 岁的时候，报名参军，派往印度支那参战，其他人都是 23 岁左右，他却是年纪最小的兵，父母为他征兵签字，等于是第二次被抛弃。从军回来，他长相太英俊了，被一位大他 10 岁的女人推荐演出从而成名，成名后他的父母突然又"冒出来"出现在他的眼前，就这样，阿兰·德龙凭着自己的英俊的长相，吸引着世界的目光。但是，阿兰·德龙从小缺失爱，看似不起眼的事情，缺爱的背后，却潜藏着心理学上的概念："潜在心理创伤"！因此，无论他获得怎样的金钱、荣誉和地位，都无法获得内心的安全感和幸福感。幸福感往往是在各种各样的付出中收获的，而不仅仅是从外来的收获中得到的。

　　说到这里，我倒是有一个从"你有故事，我有酒"的小聚中听来的真实故事：有一家人，父亲从小是被抱养的，不知道自己的亲生父母是谁，母亲也是被抱养的，也不知道自己的亲生父母是谁，有人知道底细，但老人生前有保密在先，因此，两个人的身世就成了秘密。后来，两个人成了家，生了四个孩子，都管母亲的养父叫爷爷，而不叫姥爷；那个年代，孩子们假期都去父亲所在的工厂干活挣外快，大女儿和二女儿总是一起玩，而且分配的活轻，挣钱还多，而小女儿在生产线上用绳子捆玻璃瓶产品，既累又危险。但是小女儿很能吃苦，咬牙坚持。后来，姐姐都出国嫁人，留下的孩子们照料身体残疾且年迈的父母。于是，小女儿的身体经常生病，未有安全感，对人疑虑重重，像是走入了黑暗森林里的迷瘴，对谁也不相信！这就是心理学上典型的"潜在心理创伤"。但是，讲故事的人说，后来的这个小孩，变得对任何事情都毫无兴趣了。

这让我想到，此人的一生，已经是人到中年了，缺失了精神的支柱，即使拥有现在那么多的钱又有何用？！缺失了健康的身体，要钱又有何用？！从小缺失爱，长大后又一而再地丢失了真爱，要那么多钱又有何用？！原生家庭从小的多种缺失，后天是无法弥补的，从阿兰·德龙和现实中的许多真实故事来看，原生家庭对于人生未来的成长是至关重要的！

2021年的清明假期第一天，能够通过网络上的两位国际影星的故事，来反思看待人生问题，也算是一笔不小的收获吧！现实就是人生，而人生就在现实中，就今天而言，昨天的一切过往就是人生和社会的历史，因为，我们无论长相怎样，都是其中的一员，无一例外！

2021 年 4 月 3 日

子实于青岛逍遥轩东窗书屋

清明日记（二）：畅叙幽情

　　今天是 2021 年 4 月 4 日中国农历辛丑年的清明节。中午打开孩子从西安碑林购买赠我的藏石拓本《兰亭序》诵读，往事心头涌起。父亲于 2018 年去世前，最后诵读的文章，正是王羲之的《兰亭序》，年近期颐的父亲，竟然躺在病榻之上，思路却这般清晰，不仅能够背诵全文，而且还纠正我的误读词音，真是我活到老、学到老的榜样！

　　清明时节我倍加思念父母，一边诵读《兰亭序》，一边自己写出断句《清明》：

　　　　　　未有祖先不成人

　　　　　　饮水思源方寻根

　　　　　　清明即为先人设

　　　　　　做人不能忘根本

　　不成格律诗句的断句《清明》，表达的是我对先祖的深切怀念，做人不可数典忘祖！

　　读着王羲之的《兰亭序》，不觉"感慨系之""不知老之将至""俯仰之间""放浪形骸""静躁不同""当其欣然所遇""取舍万殊""临文嗟悼""古之人死生亦大矣""一死生为虚诞，齐彭殇为妄作"

"修短随化,终期于近""天朗气清,惠风和畅""仰观宇宙之大,俯察品类之盛""快然自足"也!

王羲之的《兰亭序》融聚中国传统文化根基之作,儒释道的哲学观点,深入浅出的生命观,在短短的精致文章中,随处可见,启迪人生智慧。难怪父亲将早年私塾学习的《兰亭序》一直复诵到老,实乃领悟中国文化的精微妙极呀!

《兰亭序》每读一遍,都能够领悟到不同的魂灵精髓。

父亲和母亲常常给我们讲故事,如王羲之与夫人教育儿子研习书法的故事,过去写毛笔字不像现在大都使用成瓶的墨汁,而是自己用砚台研磨,于是,王羲之与夫人给儿子备下三口大水缸,并且灌注上满满的清水,告诉儿子:什么时候用尽这三缸水,就来验收他的毛笔字。时间一天天过去了,儿子研修书法,笔耕不辍,有一天,王羲之路过书房,关注了一下儿子的书法,发现有一个字丢了一个点,于是默不作声,提笔补上。后来,王羲之的夫人验收儿子的作业,说了一句话:"我儿研尽三缸墨,唯有一点像羲之。"由此可见,王羲之夫人对于王羲之先生的笔法是多么的熟知。

在我们家里,父亲常常自己在书房里书法绘画,而母亲则是父亲作品第一欣赏人,他们俩在给我们分赠书法绘画作品时,意见和建议总是出奇的一致,尽管母亲识字不多,但是却有一副好眼力!原生家庭的熏陶,就是这样在潜移默化中产生的,父亲创造了美的图画意境,母亲却有一双发现美的眼睛,这一点,我看得清清楚楚,肯定是错不了的!

按照以往惯例,我早晨浇灌了为父母专门采购并且培育了3年的墨兰花,从春节到现在,墨兰花朵依然盛开着。给父母敬过水、酒、香烟,也敬过祖先和我生命中的贵人们,从楼下的花坊,买下9枝父亲母亲特别喜欢的中国红色的康乃馨,还有粉红色的勿忘我和雪白色的满天星，用蓝色的条纹透明纸包装，凸显高雅，浓淡相宜，带上酒和水，来到 2019 年父母海葬的太平角故乡的海边。海水正拍打着岸边的沙，悄然地退着潮，海葬父母的礁石对岸，清晰可见西海岸的万家灯火和海上巨型邮轮和货轮的光明，傍晚的太平角海天一色，大风吹散了天空中的霾，蓝色透亮，像宽广的胸怀，护佑着天下苍生，海浪平静中带有节奏感。

2021 年 4 月 4 日

子实于青岛逍遥轩东窗书屋

清明日记（三）：诗词歌赋中的历史与现实畅想

　　今天是 2021 年的 4 月 5 日, 辛丑"牛年龙月", 也是中国清明小长假的最后一天, 明天起, 又要继续投入"平凡岁月中"继续拼搏, 继续"待命"！

　　中国的清明节是一个慎终追远的日子, 不觉使我感慨岁月的匆匆而过。自 1840 年"鸦片战争"至今已经 180 余年, 在此期间, 中国历经民族自身的觉醒, 历经世界风云的变幻与考验, 几经波折, 特别是近 120 年, 中国冲破几千年封建帝制, 在历史的风云际会中挺进。

　　在今天这样一个清明节小长假的最后一天, 猛然间使我想到杜牧的《清明》：

> 清明时节雨纷纷,
>
> 路上行人欲断魂。
>
> 借问酒家何处有?
>
> 牧童遥指杏花村。

　　除了杜牧的《清明》人们都耳熟能详外, 黄庭坚也有一首著名的《清明》：

> 佳节清明桃李笑,

野田荒垄只生愁。

雷惊天地龙蛇蛰，

雨足郊园草木柔。

人乞祭余骄且妇，

士甘焚死不公侯。

贤愚千载知谁是？

满眼蓬蒿共一丘。

黄庭坚的《清明》一诗中，"人乞祭余骄且妇"讲到的一个人，去墓地上饱餐之后，又将供品带回家，还在自己的老婆面前胡吹炫耀一番；"士甘焚死不公侯"讲到了一个典故，晋公子重耳逃难之时，介子推曾经从自己的腿上割肉给他吃，公子重耳掌权后，要介子推继续辅佐，介子推却带上自己的老娘上山伺候，不肯下山，公子重耳便命令放火烧山，想逼迫介子推下山，结果，介子推与其母双双身亡，于是，就有了"寒食节"的提法。这也使我想到富春江钓台的严子陵，他叫严光，是汉光武帝刘秀的同窗好友。刘秀尚未当皇帝的时候，严子陵常常与他嬉闹，甚至将脚搭在他的肚皮上，但刘秀称帝后，严子陵却不知踪迹，有人看到一个极其像他的人，身披蓑衣，手持钓竿，在富春江钓鱼。

是啊，人生和历史即是如此，"贤愚千载知谁是""满眼蓬蒿共一丘"。

我曾经读到毛泽东的一首诗《有所思》：

正当神州有事时，

又来南国踏芳枝。

青松怒向苍天发，

败叶纷随碧水驰。

一生风雷惊世界，

满街红绿走旌旗。

凭栏静听潇潇雨，

故国人民有所思。

1949 年毛泽东主席在首都北京宣告中华人民共和国成立！新中国的诞生，让中国人民从此站立起来了！但是，毛泽东面临着百废待兴的中国，面临着"中国共产党人入城后"的新的革命，他以伟人的胸怀，心系百姓苍生，用全心全意为人民服务，诠释了中国共产党人的历史使命与责任担当！他的诗词中的"有所思"，这首诗体现出新中国领导者的眼界与伟大胸襟。毛泽东的心中，没有自我与小家，只有集体与大家，因此，他受到了人民的拥戴，这是品格与自身的作为所决定的！人心向背是决定战争胜负的重要因素。毛泽东的"有所思"是忧国忧民的所思所想，历史已经并且还将继续证明毛泽东为人民大众幸福的所思所想，是何等的高瞻远瞩，英明而正确！

在今天这样一个清明时节的特殊日子，我也想到父亲常常吟诵的高翥的《清明》：

南北山头多墓田，

清明祭扫各纷然。

纸灰化作白蝴蝶，

泪血染成红杜鹃。

日落狐狸眠塚上，

夜归儿女笑灯前。

人生有酒须当醉，

一滴何曾到九泉。

父亲对人生很豁达，很看得开，这源自他常说的"事非经过不知难"，他做人刚正不阿，不卑不亢！这使我想到李白的《梦游天姥吟留别》一诗中的句子：

安能摧眉折腰事权贵，

使我不得开心颜！

做人要有骨气，一路自己走来，将留下自己的足迹，无一例外，无可替代！

2021 年 4 月 5 日至 4 月 6 日凌晨 2 点 28 分

子实于青岛逍遥轩东窗书屋

论杜帝先生作品的生命力

　　我拜读过杜帝先生的许多作品，很久以来也多次想写一些读书感受，尽管每每读到先生的新作，总是通一番长长的电话，或是在手机上短信交流，但是，都不能够充分表达我内心的所思所悟。

　　文以载道,每个人的作品,都会有其独有的生命力,这是我近些年来在读书写作中感悟到的。杜帝先生作品的生命力又是什么呢?我感悟已久:真实与真诚!

　　杜帝本名宋文华,生于青岛,青岛电视台主任编辑,我的老同事。他退休后还在青岛理工大学兼职客座教授,青岛市影视文化研究会副会长,写作、摄影、古典音乐、旅游、收藏——生活张弛有度。

　　杜先生多年来笔耕不辍,涉及纪实与虚构等各种创作手法,有多部散文集和诗歌、小说、特写书籍面世。

　　在我手上,就有他的《阁楼天象》《岁月作证》《子非鱼》《纪实与虚构》《跳伞塔》《镌刻记忆》《漫游者》等,而且,我不仅仅是自己独享,还从先生处索要若干本,分赠我的亲朋好友,他们也是爱书人。

杜帝先生与我之关系,可谓"亦师亦友",师者,因为他在新闻战线是我工作上的前辈,早年他在青岛人民广播电台、青岛广播电视报社、青岛电视台专题部,先后任政法记者和主任编辑多年,是资深的老记者;友者,因为我们都有服兵役的经历,而且爱好读书与写作,他还非常热情地帮我联系出版过几本书。情趣相投,我们自然可以归结为"同道"。

常言道:道不同,不相为谋。朋友,在古人看来,也是有"损三友"和"益三友"之分的,我与先生之间,当然还有王源青老师、宋志坚老师等都是充满友谊的"益三友",即友直、友谅、友多闻,这样一些"系列"的人文交游者。

说到"友直",这正是杜帝先生的做人方式,常言道:文如其人。直爽的性格,也造就了杜帝先生作品的生命力。我还想到了季羡林先生的一句话:"真话不全讲,假话全不讲。"确实,我们都清楚,真话不全讲是策略,假话全不讲则是底线。

杜帝先生以一个资深记者的笔触,记录他所见所识的那个年代的现实社会,敢直面,不回避,为一个时代和社会过程,留下了弥足珍贵的文字。

真实和真诚是杜帝的特色与标志,他的大量散文,也是有感而发。我拜读过他的多本散文集,里面全无敷衍之作。

我曾经问过先生:您为什么用"杜帝"的笔名?

杜帝先生回答:那时候觉得杜鹃啼血唯美而悲壮,杜鹃与别的鸟不同,它的每一声鸣叫,都发自胸腔,哪怕带着血迹,哪怕最后血尽而亡。

这也是"真"的底蕴,没有自己体温的文字,更不会带着心血。我尊重和敬仰"真",哪怕这"真"有些粗糙,甚至泥沙俱下。真实带着磅礴的力量,让生命力更加长久。

杜帝先生最近出版的《漫游者》,里面的《酒局故事》《惟有大散留其名》《生生死死"广陵散"》等,读来让人荡气回肠,拍案叫绝。

他的作品行圆思方,绵里藏针,记者的真实笔法与做人的真诚姿态,跃然纸上,毫无做作之嫌。这就是新闻记者多年练就的笔力,不禁让我联想到著名华裔作家严歌苓,她也曾经是一名军人,跳过芭蕾,上过前线,当过战地记者,又当过铁道兵专职创作员,因此,她的《芳华》《床畔》才具有了真实和真诚,才能让人读出"人的味道",这一点,两个人是何其的相似。

我们的创作来源于真实的生活,这一点,对于任何一个作家来说都不例外。比如高尔基,马尔克斯,莫言,等等。高尔基的《童年》《我的大学》都来自他人生的经历和体验。如果高尔基没有了生活的源泉与现实的观察,他会写出脍炙人口的《海燕》吗?中国的诺贝尔文学奖获得者莫言,如果离开了生他养他的山东高密,他会写出那么多的故乡题材的作品吗?还有路遥的《人生》《平凡的世界》和余华的《活着》,哪一部作品不是与他们所处的时代,所具有的人生经历有关呢?

因此,杜帝先生的政法记者经历,从小长大的铁路宿舍和学校、部队环境,为其提供了他自己独特的"人生视角",这一"人生视角"也成就了先生能够放下身段,讲人间故事,看人间风情,以惩恶扬善的笔触,讲老百姓心中的话语。

他在写作与做人并重,所呈现出的真实与真诚这一点上,在"文风浮华"的当下,难得一见,难能可贵。

赏读杜帝先生的作品,恰如与一位久别重逢的老友,沏上一杯上等香甘的好茶,在贝多芬《命运》交响曲或穆特的小提琴曲《流浪者之歌》中,或娓娓叙谈,或思绪奔腾,我知道,杜帝先生不仅是读书交游,写书摄影,他还藏有大量的影视经典作品,世界名乐名曲,他会经常独自在无人打扰的"阁楼天地"里,独享精神世界的美丽富饶,陶冶情操,开阔视野,纯洁他的心灵,凝结他与生俱来的素朴,奠定他灵感的真诚,然后,再一次地伏案疾书,佳作频出!

2021 年 8 月 14 日

子实于青岛逍遥轩东窗书屋

我的侃彬兄长 ⊃

    每每走近青岛奥帆中心，走近那座极有浪漫名称的情人坝时，我的思绪中，总是有一个人的身影出现，他形象高大、态度温和、待人彬彬有礼；他心地善良，办事决策果断，勤劳且真诚——他就是年长我一旬的鞠侃。其实，他的真实姓名叫鞠侃彬，只可惜，侃彬兄长于 2005 年 1 月 14 日，不幸突发疾病，英年早逝，享年 54 周岁。

    为什么每当我走近奥帆中心的情人坝时，心中总是会出现他的身影呢？这是因为在他去世前，担任青岛电视台党总支书记和台委会领导时，曾率领我们电视台的全体党员，多次去建设中的奥帆中心进行义务劳动。2008 年北京奥运会申办成功后，青岛成为北京奥运会主办地之外唯一的国际帆船竞技场地，这里原来是青岛红星造船厂，后改名为北海船厂。如今青岛奥帆中心地标式建筑的情人坝，就是曾经北海船厂的防浪堤坝，情人坝面朝大海，视野开阔，是如今非常有名的"打卡地"，它背靠的一座小山，叫燕儿岛，一个充满浪漫和诗意的名字。

    在每一次的奥帆中心建设工地的党员义务劳动中，侃彬兄长不仅是一位带领者，更是一位身先士卒者，他干起活来，一点都不输给我们，他的身上总是充满着一种干劲，一种生活的激情，一种军人曾经的姿态。

细数起来,2021 年 9 月 15 日,青岛电视台已经建台整整 50 年了。时间总是这般的巧合,侃彬兄长出生于 1951 年的 9 月 11 日,青岛电视台建台于 1971 年的 9 月 15 日,每年的生日与建台月仅仅相隔 4 天时间,也许这就是大家常说的缘分吧。侃彬兄长从一名军人,走进青岛广电局后,便从此再也没有离开过这家官方媒体,他不仅是青岛电视台建台亲历者,更是电视台首个电视新闻部和电视新闻中心的参与者、创立者、领导者。

我是 1991 年经侃彬兄长介绍从青岛市人民医院院长办公室借调去青岛电视台新闻部工作,从此,就留在了青岛电视台,一直从事电视新闻工作,到 2021 年已经整整 30 年了。

侃彬兄长年长我一旬,也就是大我整整 12 岁,我们俩都属"兔子",都有从军的经历,他是陆军,我是海军,军种不同,但是军人的经历和素质,却是有着相似的一致。于是,这样的一种交融,总是能产生许多共同的话题,有一种自然的亲近。侃彬兄长是我生命和事业追求的贵人,这一点毋庸置疑,直至我生命的终点,这一真实,是不会改变的,永远不会改变!

1991 年,恰逢青岛电视台筹备建台 20 周年纪念,到了第二年,华东城市电视会议在青岛举行,这一盛会,规模极大,产生的积极影响深刻而广泛。会议的地点在现在的海景花园大酒店,当时叫飞天大酒店,侃彬兄长安排我在会议的接待组,那次会议,上海电视台的同行为了表达感谢,还把自己佩带的上海电视台台标纪念章赠送给我,纪念章是玉兰花造型,底色是"电视三原色",非常精致,我曾经佩戴多年,作为从事电视新闻的珍贵纪念品保留至今。那次会议陪同华东各电视台的同行老师,进行海上观光青岛,在游艇上,我和侃彬兄长拍摄了相识以来的第一张合影,这张合影弥足

阶级革命家的丰功伟绩。

我与侃彬兄长的父母有着长达 20 余年的交往。他们在新中国成立后，长期从事公安工作和国家安全工作。分别于 2003 年和 2012 年与世长辞。生前他们曾从多方面对我无微不至地关心帮助，体现了老一辈无产阶级革命家对后继者的热切期望。

2005 年元旦的第二天清晨，我突然接到侃彬兄长的母亲打来的急电，一边与医院专家组取得联系，一边赶赴侃彬兄长家中。他见到我的到来，怕影响到我的休息，而深感不安，他就是这样一个总是事事把别人的安危摆在自己前边的人，非常自律，很少给别人添麻烦，但是，当别人有请求，有困难找到他时，他总是义不容辞，想方设法也要帮助解决困难和问题，侃彬兄长，是一位真正的重情重义的好人，永远是我值得学习的好大哥！

虽然第一时间送往医院抢救虽然专家组放弃元旦休假参与救治，虽然想尽了种种办法尝试，甚至联系与北京和军队的相关专家组，依旧回天乏术，侃彬兄长还是于 2005 年 1 月 14 日 5:05 在重症监护室英年早逝，享年 54 岁。他的去世是青岛电视台的重大损失，多少同事亲朋，为他痛哭不已，好人，总是活在人们心中！

2015 年 1 月 14 日，我与侃彬兄长的爱子鞠松烨记者，去陵园为兄长举行了十周年祭。2020 年 1 月 14 日，在侃彬兄长十五年祭时，我与他的爱子鞠松烨，带上我出版的《大医精诚》《生死尊严》《无一例外》三部书，签上名字，将书一页一页地撕开，一页一页地化为灰烬，因为，这三部书中，都有侃彬兄长的相关内容，盼望他能在天国读到，在天国安好！

还有要告慰侃彬兄长的是，今年 70 诞辰的你，早已经当上爷爷啦，孙女鞠杬潼，已经年满 4 周岁了，正在她的父母长辈和幼儿园的爱护和培育下,健康成长,侃彬兄长后继有人,可以安心了!

2019 年 5 月 5 日

子实于青岛逍遥轩东窗书屋

注:侃彬兄长的儿子鞠松烨,为本文的撰写工作,提供了许多重要的历史资料,使文章的写作更加翔实完善。青岛广电台办王东老师、阎文老师,不辞辛苦,多次将修改稿件打印成样品,确保了稿件及时有效地修改完善。谨在此一并致以衷心的感谢!

关于爱情

——聆听著名作家、女诗人高伟对"爱情"的阐释

　　访谈著名作家、女诗人高伟与采访著名作家严歌苓、周国平时的感觉大不相同。严歌苓是在 2017 年 8 月 10 日，为发行新作《非洲手记》而在青岛书城举行了一次读者见面会，场地狭小，读者不少，秩序稍有些乱，因此，不便于集体活动下的单独访谈，只是一次大面上的见面会而已。而采访周国平时，是在青岛的一家私人书店举行的见面会，大约有 300 人，挤满书店的边边角角。

　　而与高伟的访谈,是面对面的,因而,近距离的访谈,让我对她的印象更加深刻:她拥有苗条而高挑的身型,深邃的面容,自由奔放的性格,礼貌、随性、独特且侃侃而谈的各种观点,总是让我耳目一新,心灵为之一颤;心想:读书,写书,作诗的女性,气质和谈吐就是不一样,"腹有诗书气自华"这句诗词在她身上就是最好的体现!

　　2021年8月25日中午11时,在青岛广播电视台二楼咖啡厅与高伟老师的这次访谈,既不是偶遇,也并非巧合,而是一次计划已久的策划后的专访,访谈题目早已确定为"关于爱情",这次访谈的内容,将是计划出版当时的本书中的重点篇章。

　　其实,尽管都是媒体人,我与高伟老师在采访之前并不太熟识,她是青岛报业集团的副刊编辑,我是青岛电视台《青岛新闻》的时政记者,因为工作任务不同,因而很少有交集的机会,但是,我们都同样的爱好——读书与写作。

她是中国作家协会会员、青岛市作家协会副主席兼诗歌创作

委员会主任、大沽河散文诗学会副会长,先后出版过 20 余本散文集和诗集。

她创作的《她传奇》《他传奇》《爱传奇》三部曲,与我创作的纪实文学集《无一例外》同时登上了"2019 青岛好书榜"。高伟老师的"传奇三部曲"创作耗时十年,真是"十年磨一剑"!

"传奇三部曲"所记录和表达的内容,都是"关于爱情"的。于是,我产生了创作动议,想请高伟老师谈谈对爱情的见解与阐释,因为进入 21 世纪的今天,古老的"爱情话题"再次成为当代人匪夷所思的生活中的一个大大的问题,因而,对"关于爱情"话题的探讨,也就显得具有时代感和现实意义。近期有报道称:复旦大学中文系一位 20 世纪 50 年代出生的教授,在中文系开设了一门"恋爱课",据说大受学生欢迎,瞬间"粉丝"突破 400 万,而且还产生了"十大爱情金句",受到很多人的热捧,这位 67 岁的中文系大学教授,一时成名。看来当今的人们对"爱情与婚恋"产生的期待,是不言而喻的。

这位教授的"爱情金句"中的第 10 句是:

"有单身信念的人,更有可能遇到灵魂伴侣。"

于是,我与高伟老师的访谈的话题"关于爱情",便从"灵魂伴侣"展开。

子实:高伟老师,您认为人类之间真的有"爱情"存在吗?

高伟:有爱情存在,这一点是肯定的,但是很稀有。史铁生曾经说过:如果没有"爱情",那么我们正在说的这个"爱情"又是什么呢?

子实:有所谓的"灵魂伴侣"吗?

高伟:有,但是,极少。像史铁生与陈希米的爱情,王小波与李银河的爱情,可以算得上是"灵魂伴侣"。但是,可以说 99.99% 的人找不到"灵魂伴侣",这是极小概率事件。

子实:这么低的概率,原因是什么?

高伟:爱情心理学中有一个"爱情三要素",就是激情、亲密、承诺。这三个要素在男人与女人的关系中,缺失了哪一个,都算不得优质的关系。男人和女人缔结的不是优质的关系,离婚是不稀奇的。男人和女人的亲密关系,同时具备了这个三要素,而且这样的三要素要贯穿一生,这个要求对有着"原罪"且情绪极易变动的人类来说,是苛刻的。所以,爱情是一种例外。

人类文明从石器时代开始,到如今发展到如此精湛的技术阶段,人类在其间经历了极其曲折的历程,婚姻也是。物质富足的今天,男人和女人离开谁都可以活下去,不像过去物质贫乏时期,男人和女人养育了孩子,无论物质上还是精神上,需要抱团取暖,一家人才能够活得下去。如今,人类的离婚率一直居高不下,中国人的离婚率也不低,2020 年统计的离婚率为 43.83%。现在选择不婚的人也越来越多,最大的原因是对爱情失望了,很多人不认为自己能操持好婚姻的一生。单身也是有缺损的生活,但一个人活着比在不幸福的婚姻中活着好多了。

子实:前两天电视上也播出了一个"真人秀"节目,话题就是关乎离婚的。这个节目你看了吗?

高伟:我看过,也特别感慨。节目组请了三对处于婚姻关系破裂的不同时期的男女。有一对人,结婚十年,离婚一年,这个时候让他和她再相见,共处一段时间。女的说,我们其实没有爱过。男的也说,我们一直没有爱情。这么一对靓男俊女,也不能保证必然能够互相爱上。当初他们以为年龄大了,在一起也能聊得不错,又都是好人,结婚在一起应该没问题。其实不是。结婚后,那些隐藏着的问题次第呈现,紧接着是心灵上的隔阂。她的世界他进不去,他的世界她又不想进去。结果,他们分开了。节目中有一个互相喊话的环节,男的对女的喊话,希望她活成自己喜欢的样子,他也会过成自己喜欢的样子。

子实:那么,奥黛丽·赫本与服装设计师纪梵希的关系,怎么解释呢?从赫本出演《龙凤配》的服装设计开始,他们之间交往了40多年,纪梵希为赫本设计了第一款专用香水,1993年赫本去世后,纪梵希亲自为她抬棺送别。

高伟:他们之间的关系,也不是"灵魂伴侣",只能算是"一种非常结实的友谊"。一对灵魂伴侣,如果两人都是单身,有条件在一起,那是天底下最好的事。赫本和纪梵希有过这样的条件,他们为什么没有选择在一起呢?

子实:爱情与经济有关系吗?

高伟:有关系,但不大。温饱过后,物质的东西就不能起什么大的隔阂作用了。况且,一对能产生坚实爱情的男人和女人,这么高品质高能量的关系都能够达成,得是一对多么聪颖多么善良的璧人!这种有灵性的男人和女人,在这个尘世上挣出一份大多数人都能挣到的用于自身温饱的银子来,根本不是难事。

灵魂伴侣,需要的是两个圆满人格的人的相遇。每一个人都是圆,是互相叠印在一起的两个圆。而不是两个人格有缺陷的人,拼凑在一起。他和她原本就是知己,而知己在这个世界上遇见,是多么难。古有俞伯牙与钟子期,伯牙善于演奏,子期善于欣赏。这就是"知音"一词的由来。后来子期因病离世,伯牙悲痛万分,泣叹世上再无知音,就"破琴绝弦",把自己最心爱的琴摔碎,此生不再抚琴。灵魂伴侣的遇见不比俞伯牙与钟子期的遇见容易,他们还得是男人和女人,最好是年龄相当恰在适婚期的男人和女人,而且,还得都是单身。

男人和女人,两个人都有终身学习的能力,得以共同成长。一个终身学习一个停滞不前,两个人就会渐行渐远了。两个人在一起,每一个人都变得比一个人时更好,那么这个关系就是对的。

子实:年龄对"爱情"的追求有影响吗?

高伟:没有爱情,对年龄就是有要求的,这个时候需要世俗意义上的般配。没有爱情,一对年龄相差极远的男人和女人结合在一起,一定是双方各有所图,要么是物质,要么是地位,要么是美色。

但是灵魂伴侣的遇见,一切都不是障碍了。法国总统马克龙就是娶了比自己大24的女人布丽吉特。马克龙15岁时就对自己的老师布丽吉特着迷,那个时候我们或许还以为是一时的情迷。但是,马克龙29岁时排除万难步入婚姻的殿堂,异地恋、师生恋、父母的阻拦、民众的质疑都未曾打击这段惊世骇俗的爱恋。即使贵为一国之最尊,即使布丽吉特日渐老去的容颜远没有像一个明星那样耀眼,可马克龙对她的爱依然鲜艳。如果我们没有见过灵魂伴侣,那么,让我们见识一下吧。

还有杨振宁与翁帆,也是这样的。

子实:是杨振宁先生的吸引力吗?

高伟:当然!太多太多的人因不知爱为何物,因从未爱过,因从未被巨大的灵魂能量震撼过,就拿自己的那些人生经验和见识套用在杨振宁和翁帆的身上,是浅薄的。

子实:有许多的爱情经典影片,比如《罗马假日》《泰坦尼克号》《廊桥遗梦》等,都诉说着爱情的不同侧面,您是怎么看待和评价这些经典影片中的爱情故事的?

高伟:在我的传奇系列的书中,都有这些奇特爱情的描述与阐释。

当然,电影是一种艺术,电影试图展示给我们的,是一种高于现实维度的另一种平行宇宙。银幕和书中的爱情故事大都是描写爱情的产生过程的,男女主人公历尽磨难或者误解,在电影的最后,爱情达成了,或者,其中一个人死去了。要么"从此他们过着幸福的生活",要么活着的那个人永远怀恋另一个人,怀念得让观者心碎。爱情过后的细碎生活是难以成就一个经典电影的。

子实:我有一部您签名赠送的诗集《去南边找北》,其中有大量的关于爱情的诗篇,读过后收获很大。作为著名的女诗人,您对于诗歌创作是怎么看的?

高伟:湖南著名诗人叶梦曾经向全国的一些诗人征集对诗歌的看法。我给出的文字是这样的,在这个世界上,我只认命一个独裁者,那就是诗歌。读诗、写诗,是我的生活,它们和我的必需的物质生活一样重要。其实,我更愿意自己用极少的时间打发完吃喝拉撒的物质生活之后,更多的时间留给自己的灵性生活。读书,写作,旅游。

子实:我读过您大量的专栏文章,您似乎对情绪管理很看重?

高伟:我在二十多年前就把读书的重点搁置在身心灵研读上,因为我要平静和幸福。过去我发现,每个人的情绪简直像是一只野兽,未经过驯服的野兽,就像大象闯进瓷器店那样把心灵现场弄得乌烟瘴气。通过大量地阅读身心灵的书,我知道我必须走进我的内在世界,才能找到我心灵的家。在外面是找不到家园的。

身心灵哲学有这样一句话:外面没有别人,外面空无一人。这样的话语让我震动。我知道,我必须全部彻底地对自己的幸福或者痛苦负责。我不再找自己负面情绪的归罪者。如果我没有足够的智性和灵性,我就不可能活得超然和喜悦,没有疯掉就不错了。人的生命里本来就有两匹马:好马和劣马。如果我们喂养劣马,那么劣马就会带着我们到处踩踏,把生命的园子弄得人仰马翻。如果我们喂养那匹好马，那么好马就会载着我们在心灵的草原上奔驰。我刚在新疆看过汗血宝马，骑马人年轻，汗血宝马漂亮矫健，骑马人与汗血宝马配合得天衣无缝，太漂亮了！好的生命就像那个猎人，驾驭着情绪的汗血宝马，给人以昂扬俊美蓬勃之力。

子实：生命有意义吗？假如有，你的生命意义是什么？

高伟：生命原本没有意义，这就使得每个人，必须给自己定义自己的活法。这就是意义。

我们在三维空间里存活，活着的过程，是我终身学习的过程，是我了解人性的过程。在这个大千世界，我来看看太阳，听见诗歌的声音，看看爱情，看看人间尚有的美好生命……假如我能在生命终结的时候，对宇宙和世界有了全新的认知，让自己的意识状态在更高级的维度之上。那么，我就没有白来一趟，没有白白做人一回。这就是我活着的意义。

与高伟老师交谈，真是醍醐灌顶！

2021 年 8 月 26 日
子实于青岛广播电视台台办

童声演绎的沧桑

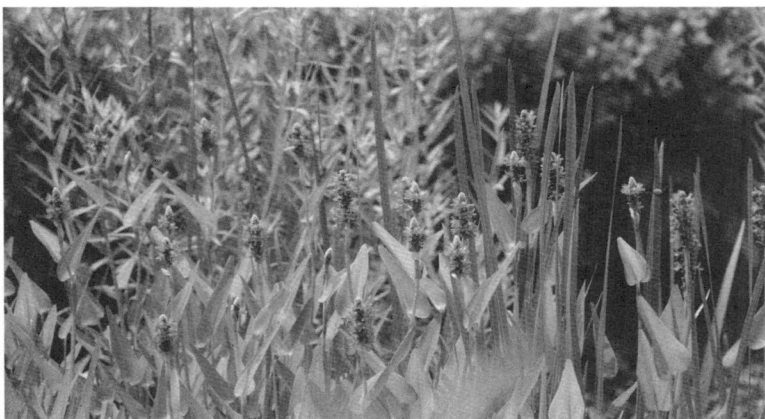

　　从网络上看过三段视频，让我大为好奇和惊讶。一个小姑娘，不到 10 岁，参加歌手大奖赛，演唱了一首《橄榄树》，这是我第一次听童声演绎的《橄榄树》，从小姑娘天籁一般的歌声中，我认为她是更加精准地把握了词作者三毛的创作心境，童声演绎着三毛寻找人生的苍凉：

　　　　　　不要问我从哪里来
　　　　　　我的故乡在远方
　　　　　　为什么流浪

流浪远方,流浪

……

为了我梦中的橄榄树,橄榄树

小姑娘的歌声中,抒发着对人生境界的追求,应该说比大人们的演绎更加准确,这让我对小姑娘刮目相看了,是什么样的灵感,让她对三毛的歌词理解得这样准确呢?!我百思不得其解。

无独有偶,又一段视频跃然而出,一位 13 岁的小姑娘演唱了一首《像风一样自由》,略带沙哑的嗓音,把许巍的摇滚音乐,重新进行了童声演绎。对于这个被称作"天使吻过的嗓音"有点像著名歌手田震的声音,小姑娘的指导老师说,原先许多人并不认为她适合唱歌,但是小姑娘很执着,于是,用她特有的嗓音,实现着她对演唱的爱好与追求,一次又一次地录制视频,参加演唱会,用童声演绎着《像风一样自由》的沧桑,实在是太好听,太精准了:

我像风一样自由

就像你的温柔无法挽留

你推开我伸出的双手

你走吧

最好别回头

无尽的漂流

自由的渴求

所有沧桑

独自承受

童声演绎的沧桑,让我禁不住好奇地想,是什么样的天赋,使这些才刚刚十几岁的小姑娘们,如此准确把握歌词创作者的内涵呢?!

本该有着童真烂漫的儿童时光,她们却在理解成人世界的沧桑岁月,比如演绎成人的民俗曲调《探清水河》真的是很好听,与众不同的表演与表达都很奇妙,但是曲目演绎的内容与演唱者这样小的年龄相对比,在我个人看来却是太不可思议的事情了!

就在我对两位小歌唱演员充满好奇与思考时,又一段视频从网络上流出,一名 5 岁的小姑娘竟唱了一首《可可托海的牧羊人》,一招一式颇像一位已经成名的歌手。这也是一首成年人的情歌,从一个 5 岁的小姑娘的歌声中演绎悲情的沧桑,实在让我无法诉说歌声中的心境。

这让我想到邓丽君,一个演唱者的爱好,竟让她在小小的年纪参加歌手大赛获奖后,辍学参加各种演出,后来的邓丽君虽然成为无可匹敌的世界级歌手,一代歌后,但她的成名却让她付出了生命中许多常人不曾付出的,而且是难以想象的沉重代价,令人痛惜不已。人的生命与自然界万物一样,该开花时开花,该结果时结果,过早成熟的果实,未必都能让人品尝到“樱桃的滋味”,这是自然的规律!

可能我的观念很落后,因为,这是一个神速发展的网络时代,社会化、经济化、智能化带给人们许多不曾有过的平台,但是,童年对于我们每一个人来说只有一次,不可重复,不能再来,童年过早地介入和理解或演绎成年人所经历的沧桑岁月,就有可能失去应该享有的童真和孩童的欢乐。她们或许应该唱着自己的歌,在童年自己的歌声中,展开自由的翅膀翱翔,从这一点上来说,我和小歌手们应该期待更多的艺术家和文艺工作者,为她们的演唱天赋,为她们独特优美的天籁之音,量身打造属于她们自己的童年的歌声。

2021 年 2 月 1 日

子实于青岛逍遥轩东窗书屋

"贩卖"浪漫

　　2021 年的"牛年兔月",春分刚过,清明未至,一场罕见的沙尘暴袭击山东,青岛尽管地处山东半岛的边缘但也未能幸免!沙尘暴威力之大,遮天蔽日,隔着口罩,仍然可以清晰地闻到"土腥味"。重重的沙尘形成的霾,在这夜色慢慢降临的岛城,丝毫没有挡住人们生活的兴致,市场经济下,各种平台应运而生,从奥帆中心的侧门,经五四广场到音乐广场,手持吉他的俊男靓女们,面对手机直播和现场的人们,或引吭高歌,或低唱浅吟,好听也罢,难听也罢,展示自我,各有各的"绝活"。卖棉花糖的,卖套圈游戏的,卖旅游产品的,读书诵经的,撒网打鱼的,潜水捞海参鲍鱼的,跑步或散步锻炼的,卿卿我我,情侣相依相伴的,卖气球和现代高科技光影玩具的,玩无人机航拍的,甚至许多耄耋老人也舞动身姿,充满年轻人一样的活力,这就是这个时代富足下的真实场景,物质欲望满足的今天,人们期待更高水平的精神生活。

我仍旧按照不变的步伐,每天途经这样的场景之中,"五月的风"并没有因为沙尘暴的霾而遮蔽红红的灯光烈焰,反而在尘霾中,鲜艳火炬似的中国红更加光彩夺目。

一切似乎都在不变中变化着,在游艇码头的对面,不经意的一瞥,只见一位小姑娘在布置干花售卖,起初并没有感到什么异样,摆摊的司空见惯,只要别让城管们逮住,就可以大胆放心地售卖。

当我再次一瞥,猛然间,发现摆售的干花前,写着四个字:贩卖浪漫。

我继续往前走着,并未停下脚步,但是,"贩卖浪漫"却像是"视觉暂留影像系统"一样,深深地镶嵌在我的脑海中。是谁这么有才?明明是卖花,却偏偏制造出这样特别的营销语言?这样的新奇与疑问,对于我这样一个从事多年新闻采访的记者来说,总想象瞬间抓住重要的新闻线索一样,思绪让我的脚步越来越放慢,今天的散步只能大打折扣了,因为,我怕等我散步回来,再也找不到"卖花姑娘"了!

前后不过几分钟的工夫,我又折返回到"卖花姑娘"的面前,小姑娘很和蔼,问我想买哪束花。这些用真正鲜花制成的干花,用塑料纸袋包装,并配有灯光,非常漂亮,我认识其中的花有"勿忘我"和"满天星"。小姑娘很惊奇地看着我,说了一句:您还认识这么多的花呀?!她头戴一顶时尚的圆顶浅色羊绒帽,与身上的浅色羊绒大衣是配套的,与她所售卖的花朵是协调一致的美!中等身材,圆脸,齐耳短发,帽檐正好遮蔽眼眉,她可以看清别人,但是别人很难看清她的眼,偶尔有顾客询价,她起身相迎的瞬间,才能看到她的眼光在黑暗中闪着温和亮晶晶的光。

可以拍照吗?我问道。她非常温和而彬彬有礼地答道:拍吧,随便拍都行,要不要我用手机给你打亮一点光?当我从不同的角度拍摄下这些美丽的花朵时,猛然发现,除了标价9.9元一束的花和"贩卖浪漫"字样外,摆放在花前的纸上还有一行字:浪漫至死不渝!

这是怎样的一个"卖花姑娘"呀?记者的职业好奇心,让我开始了采访。

我跟她说,今晚我要写一篇文章,题目就叫《贩卖浪漫》,小姑娘问道:"您是作家吗?"我说:"我不能算是作家,只是作家协会的会员,职业是电视台新闻记者。""是记者?""对是记者。写作是我的业余爱好。"

我们的采访就在这一问一答中开始了。

"你是怎么想到要用'贩卖浪漫'来做营销广告语的?"

"我是从网上看到的这四个字,就借来用了。"小姑娘很坦诚地回答。

起初,我想用"走私爱情"这四个字呢,后来又想写成"卖花姑娘,走私爱情"。

我对她来说,你知道有一部很经典的朝鲜电影就叫《卖花姑娘》。那是1972年,中国从国外引进的影片有朝鲜的,有阿尔巴尼亚的,有越南的。《卖花姑娘》是其中的一部经典,我那时才9岁是跟随着爸爸妈妈在市场三路附近的青岛剧院观看的,影片中的卖花姑娘花妮,演得非常感人,观影者无不泪流满面,哭湿几条手绢。电影不仅描述了旧社会卖花姑娘的悲惨遭遇,也鼓舞了争取美好生活的斗争精神。影片中的音乐非常美,是世界级经典之作,你可以用随身听小型音响放给过往的人听,一定会吸引有过《卖花姑娘》观影经历的人来听音乐,赏花,买花。小姑娘一听乐了,她说:您的点子还真多!上映《卖花姑娘》的时候,我还没有出生呢!

其实,人是有共性的,看到卖花姑娘,就会想到当年的《卖花姑娘》,就会想到那个年代的人与人的交流和生活,就会不自觉地想帮助对方,哪有现代人的那么多的聪明,那么多的企图啊!

访谈中,一对年轻的夫妇带着一个小小孩过来买花,小女孩指着挂在墙上的花束,一个劲地拍手道:妈妈,妈妈,这花好漂亮啊!妈妈帮助小女孩买到心仪的花束,爸爸刷手机付款。

这对家庭带着满足的神态向前走去。我跟"卖花姑娘"说:"这样的'原生家庭'对于孩子美的教育是潜移默化的,是一种滋养和爱护的表达!"卖花姑娘附和着我的原生家庭的观点,她说:"这个孩子在这样的家庭中长大,又如此的爱花,将来长大了一定是具有温柔特性的!"

还是有许多路过的男女老少,围观着"卖花姑娘",赞叹鲜花制成干花的美丽!我们继续探讨着"贩卖浪漫"营销广告语,我说还是"贩卖浪漫"用得好,表达准确,用语外延广,比"走私爱情"要恰当得多!包括顾客中,不仅有恋人,也有孩童和老人,浪漫适合于每一个热爱生活的人,而不是每一个人都能得到爱情的!"卖花姑娘"一边听,一边微笑着,像是在迎合我的观点。

我问"卖花姑娘":"你是学中文的吗?"

她说:"不是,是学海洋渔业的,家是平度的,大学毕业找不到工作,闲着也是闲着,卖花算是有事情干,花又很美,挺喜欢的。"

"卖花姑娘"的回答我认为很实在。对于我这样一个陌生的采访者,她没有感到卖花这样的事情有什么不妥,这就是现代人的职业多样性结果。干自己喜欢干的事情，只要干得高兴就好，至于赚不赚钱，再另说！俗语说：人不可貌相。单单从外观上来看，第一，她确实像一个刚刚走出校门的大学生，第二，她的穿戴也不像是普通的"揭不开锅"的"穷人"！这个年代，全国都脱贫了，吃饱吃好后的人们，更多的是精神层面的需求，卖花、买花、赏花，恰恰是精神需求供需的不同方面！

重重的沙尘暴所形成的霾，并没有挡住人们出行的脚步，吃饱饭的人们，冲破家门，冲破霾，行进在广场中载歌载舞，乐此不疲。围观"卖花姑娘"的人也越来越多了，我怕耽搁了她的生意，还是赶忙结束访谈，尽管仍有许多的话题想深入探讨，比如大学生未来的发展将会怎样？所学专业不能匹配到心仪的工作会怎样？大学生对未来人生和世界的看法是怎样的？大学毕业后的生活期待是怎样的？

与"卖花姑娘"挥手告别后，天渐渐下起了雨，朋友王琳老师发来短信，探讨电视剧《天道》，我告诉她，刚刚访谈了一位"卖花姑娘"，今晚准备写一篇文章就叫《贩卖浪漫》，电话的另一端，王琳老师回复信息：期待看到《贩卖浪漫》。

一路走来，构思着今晚的写作，音乐广场市民自由演唱的歌曲，在白色的帐篷中回响。今天，为了写《贩卖浪漫》，我已无法留恋美妙的歌声，只能加紧脚步往家赶，这时的雨越下越大，不知怎的，我却突然不自觉地担心起"贩卖浪漫"的"卖花姑娘"，在这重重的沙尘暴的霾的雨中，她与她的那些美丽的花朵，会安然无恙吗？

2021 年 3 月 30 日

子实于青岛逍遥轩东窗书屋

流淌在心中的歌声

（一）一片叶子

啪

应声落地

一片叶子

凋落了

一个生命结束
在这个深秋的
傍晚
只有我
一个人
见证了
生命的循环

2020 年 11 月 10 日
子实于青岛市南区东海路上的小树林

（二）生命不息

五月的风
像一团火
像一颗心
燃烧着
跳动着
让孤独的人
心灵有了依托
雕塑是象征
感性是直观
理性是思考
人生是什么
孤独的人
其实
并不孤独
因为孤独
才有思考
躁动不安
将人毁灭
边走边看
边看边思
这就是人生
生命不息
行走不止
越走
心越宁静

2020 年 12 月 23 日

子实于五四广场步行街

（三）母亲最是爱此物

柿子艳艳硕果鲜

九九登高又一年

母亲最是爱此物

搏击秋寒挂树颠

2020 年 10 月 23 日

子实于青岛逍遥轩东窗书屋

2021 年 10 月 28 日是母亲去世七周年纪念日，时光不觉飞逝而过，一生不忘母亲恩情。2021 年 7 月，已由中国海洋大学出版社正式出版《无一例外》纪念版。

2022 年农历十月二十五日，将迎来母亲生辰百年纪念日。届时，将用母亲生前最喜爱的 100 支中国红色康乃馨和白色的满天星、相思梅，蓝色的勿忘我等鲜花组成花环，回青岛八大关太平角故乡的海边，隆重纪念母亲善良、真诚、勤劳、勇敢、光荣的一生，永远铭记她带给我们的深似大海一般的恩情！

（四）随风起舞

随风起舞兮木落叶

灿烂之际陨灭

春风刚过兮秋风至

生生瞬息过客

一樽江月

人生如梦

何人不是看客

君不见

金戈铁马草成塚

靓色金银终是空

2020 年 10 月 21 日

子实于下班路上逍遥二路旁

（五）一往无前

冬天

没有什么不好

北风

吹去树的衣帽

露出

树的脉络样貌

越冬后的

树颠

已经

已经在寒风中

蓄势待发

冬天来临

春天

还会远吗

寒冬

将使

树的生命

更加强壮

一往无前

2021 年 8 月 15 日

子实于青岛逍遥轩东窗书屋

电影天堂

接到青岛"百老汇"电影院王令军老师的电话,尽管事前有所预感和准备,但还是吃了一惊!她告诉我:位于百丽广场的"百老汇"电影院到 2021 年 2 月 28 日就彻底关门了,这家由香港冠名出资经营的电影院,从此将在岛城的文化坐标上销声匿迹,她也就此失业啦,今后靠什么工作收入,来养育孩子,来生存,自己也不得而知!电话里一声叹息!随后,青岛"百老汇"电影院田伟经理,通过短信发给我一首自己创作的诗词,读罢,令我唏嘘不已!他又

打来电话告诉我电影院即将关张的事情,邀请我在 2 月 28 日下午 5 点下班前,能见上一面。

我欣然答应了他的邀请,这些因电影院而结交的朋友,是终生难忘的,就如同书城和图书馆、档案馆结交的朋友一样,十余年来,我的业余文化生活,紧紧围绕这些文化艺术场所展开,带给我许多有益的人生活力和思考!

我如约来到青岛"百老汇"电影院,一群群的人叽叽喳喳等待着观影,由于没有对外发布任何消息,观众并不知道这是他们在"百老汇"观看的最后一场电影了。

王令军老师把田伟经理找来,田经理面带苦涩的笑,把事先准备好的有关"百老汇"的简介和他自己的诗作送给我。

位于青岛奥林匹克帆船中心百丽广场内的青岛"百老汇"电影院,是 2011 年 5 月 15 日,由香港"百老汇"院线投资兴建的,共 6 个厅,1017 个座位,装修秉承香港"百老汇"影城的经典模式,时尚典雅,现代舒适,宽敞且人性化。田经理被"百老汇"招聘那年才 28 岁,风华正茂,可以说,青岛的"百老汇"是他一手打造的,如今他已经是 39 岁,眼看自己亲手打造的电影院就要关张,心中真的是五味杂陈。他也同样面临新的择业,一位两个孩子的父亲,处在这样一个说年轻已不再年轻的阶段,步入中年的人,一切要从头学习,重新择业,谈何容易!在我经历了无数的重新择业人的采访之后,田伟的有苦难言,我感同身受!

> 孤月
>
> 残雪挂桥头
>
> 寒风萧瑟催枯叶
>
> 三季过
>
> 冬初到
>
> 十年春夏秋
>
> 百战疆场终有别
>
> 老将断刀瘦骨马
>
> 汇众心亡于疫
>
> 再会无期
>
> 见日雾浓
>
> 跪苍天
>
> 问路何方
>
> 远眺山脊嶙峋
>
> 赤足踏棘
>
> 愿步步生莲

这位出生于 1982 年的青岛田家村人,写下了《百老汇再见》的藏头诗,可谓句句啼血,喷涌胸腔。未来之人生路何在?这位年近四十的中年男人,第一次,也是最后一次,来到“百老汇”影院的外围平台。2020 年 1 月后,疫情暴发,在此之前,百丽广场也只剩下“百老汇”一家在经营,疫情后影院封闭,这首诗就是写于去年,当时就有强烈的预感，而且这种预感三年了，没想到，在疫情后的2020年7月，影院开业仅仅半年，香港院线投资拍摄的影片，连遭挫败，损失惨重，这就是当下的电影市场。山东仅有青岛一家"百老汇"影院，从此，青岛再无"百老汇"！这就是社会现实，这就是现实中的人生之路，走着走着，不知去向了，也不知命将何方！

意大利新写实主义导演托纳多雷，曾有过著名的三部曲《天堂电影院》《海上钢琴师》《西西里的美丽传说》，都是我特别喜欢的经典影片。我总是把青岛"百老汇"电影院，比作我的"电影天堂"。我是青岛"百老汇"电影院的首批VIP会员，可以说，自从2011年这家电影院开张以来，我就是这里的一名"特别"观众，其特别之处有三，一是与电影院里的工作人员都处成了朋友，他们知道我在媒体工作，买不到演唱会的票找我，手术治病也跟我说，从影院开业到关张，来来往往无数的员工，无论年长年少，都很尊重我，倾听我的意见和建议。二是电影院有我的"专座"，经常会看"专场"电影。三是我恰在2011年至2019年出版的三本书，都赠送过电影院的工作人员，当然还有书城和图书馆的朋友们。我们因为文化，因为电影而"结缘",所有这些,都大大丰富了我的人生,所以,每每有新片上映,我总是会在第一时间接到他们的邀请,每逢过年过节,也都会互致贺电贺信问候,这就是人的情谊,比任何物质都珍贵!

在青岛"百老汇"电影院,我度过幸福人生时光,是电影陪伴了我的人生,让我品尝人生的不同滋味,因此,在许许多多场观影中,我的喜怒哀乐,我的情感倾诉,都是在这个"电影天堂"里完成的,我的许多影评,也是在这里与工作人员的交流中架构完成的,在这里有我的"芳华"岁月。

2021 年 3 月 13 日

子实于青岛逍遥轩东窗书屋

手机是工具 ⊃——

　　手机是一种现代化的通信工具，理应是不会产生多大争议的。但是现在，这种本应为人类服务的工具，却把制造和使用它的所谓"智人"给"绑架"了，甚至说是"奴役"了。

　　被"智人"研究制造的现代化通信工具，反过来又将制造者"绑架"和"奴役"，听起来似乎是一个悖论，但现实就是如此，而且，每天每时每刻，都在上演这样的"悲剧"。

某日，街道的散步途中，突然听到一位女生高调叫骂，"爆粗口"的同时，手机也被高高举起，就在我惊诧她要摔手机的时候，见她被其同行的人拦住了，记者的好奇之心，让我停下脚步看个究竟，原来，她是在下班途中，突然被领导手机召回，令她连夜赶制方案，这时，她又猛然间发现收到若干个信息，等待她的回应，瞬间让她泪崩。她哭泣着、叫骂着，甚至多次做出要摔碎手机的举动，但是她终究还是在大家的劝导声中"低下了头"！

并非个案，某日，在一媒体大厅，一名主持人，一边走路，一边抄手机上的号码，走到我的跟前，猛然抬头跟我打招呼，不好意思地说：刚才开会，一下子就有这么多等待回复的信息，而且个个都是"要命"的事儿！每天都被信息"缠死了"！她一个劲地摇头，唉——然后是长长的、无可奈何的一声叹息！

人类进入21世纪以来，"智能化革命"风起云涌，扑面而来。

20世纪末，一位市广电系统的领导，奉调国家新闻出版广电总局，任务就是研究开发手机电视的运用。听到这样的消息，还以为耳朵失灵，其实是"外行看热闹"，不相信这"巴掌大的"手机"天窗"，能够取代越做尺寸越大的有线电视大荧屏，心想，那怎么看呀？

结果，没出几年时间，手机电视"应运而生"，一时间，"3G"数字信号还没"用几天"，"4G""5G"又来了，而且手机越出越齐全，功能越来越高端，现在不仅可以"指挥调度"看家护院的电子监控设备，随时查看家中安全，还可以走出驾驶室，用手机操控汽车停靠归位。网络视频、微信语音、手控游戏、电影电视剧、现场新闻直播——各种软件开发迅猛，满足着"不同圈子""不同层级""不同诉求"的需要，甚至包括订外卖，预订各种交通票证、银行转账、缴费，以及疫情期间的"绿码"，"智能"手机无不一一涉足，仿佛一夜之间，人类的生存空间变了、人类的思维方式变了、人类的语言表达变了、人类的情感方式变了，"智能化""数字化"正在改变着人类当今和今后的命运发展方向，这场"智能化革命"成为新世纪的标识，有线电视和许多行业正在发生着翻天覆地的变化，举步维艰，遭受前所未有的巨大冲击，许多中老年人，有追赶潮流的，也有不为所动，不用手机点外卖，难道就要被饿死吗？手机微信真的就能替代"谈情说爱"吗？手机支付就会将银行倒闭而取代纸质版流通货币消亡吗？

社会总是在发展中前进的，这是客观规律！

任何新生事物的出现，也都应该运用辩证的观点来看待其"两面性"！

刀和剑，既然可以割肉，那也容易伤手！

"智能化时代"应运而生的电子设备也好、数字设备也好，比如手机，它的定位就是通信工具，简称工具，一个为人类所研制，为人类所利用的工具，工具是手机的最基本最直接的功能。

我曾经参展过一幅抓拍的纪实照片，名字叫《信息时代的人》，照片拍摄于日本东京，画面是一名时髦女孩儿，在瓢泼大雨中，打着雨伞，专注地看手机，手机荧屏的光打亮了她的脸，看上去是一位很端庄美丽的"时代女孩儿"，雨水打湿了她的高档皮包，街头是雨中穿行的车辆，即使这样极不安全的天气和街道，也丝毫不影响她看手机的专注度。还有我在泰国的情人岛上拍摄的一幅纪实照片，一位正在"日光浴"的女子，一半身子浸泡在海水中，手里仍然高举手机专注观看——这即是"地球村"时代的样貌，无论身为何种国籍，人群都是一个样貌，人们已经到了手机片刻不离身的程度，离开手机人类将无法生存的境地。"地球村"中放眼望去，任何一个地方和角落，皆是"低头族"。

手机原本只是一种工具。

却要面对这样的现实：研究制造了"智能化手机"的"智人"们，反过来，却被"智能化手机"所"绑架"，而成为一块"芯片"的"奴隶"，不能不让人反思和深思！

2021 年 8 月 16 日

子实青岛逍遥轩东窗书屋

我有故事，你有酒吗？

——人生故事三则

（一）牦牛恋情

这是一个真实的故事，我曾采访过故事中的女主人。但是，介于女主人公的要求，在此，我只讲这样一个发生于20世纪70年代的恋爱故事，但是，必须信守承诺，隐匿故事主人的真名实姓。但这并不影响故事的真实性，因为，她的恋情，可以说是一个时代的缩影，歌曲《小芳》的创作，就是那个年代青年人恋爱的真实记录。

　　20 世纪 60 年代初期,中国大地上,一批有志有为的青年人,积极响应祖国的号召:到边疆去,到祖国最需要的地方去。他们展开理想的翅膀,朝气蓬勃,意气风发,告别家乡,告别父老乡亲,来到祖国的大西北,来到祖国的边境线上,一边生产劳动,一边履行保卫边疆的神圣使命,尽管他们穿着统一的绿色军装,但是没有像正式在编军人一样,佩戴红色的帽徽和领章。

　　那时,故事的主人公还是一位 16 岁、情窦初开的小姑娘,如同《芳华》中的文工团员一样,释放着自己的美貌与人品、美丽与魅力,自然成为许多青年小伙子们眼中和心中想要追求的对象。

　　这位姑娘,被当时的高原汽车运输营的一位营长看上了,但是,在姑娘的眼中,尽管这位营长是当时当地的"最高级别的军事指挥官",傲娇、漂亮,来自海边城市的姑娘,根本就不屑一顾,尽管这位指挥官,殷勤地送上当时当地稀缺的珍贵食品和礼物,姑娘仍不为所动。"爱情是精神的,有时与物质还真就没有什么关系",真正的婚恋,是在爱情基础上的,而非全部都是与金钱、物质相关的,这一点,似乎是"千古不变"的定律一般,但是,在此多说一句,进入 21 世纪的婚恋观,似乎正在或已经在推翻这样的"千古不变"的定律。看来,"变,是绝对的;不变,才是相对的"这也符合辩证法,谁让这个 21 世纪的地球上的人们,如此追逐自身利益的最大化呢?

　　就这样,在姑娘一再的坚持拒绝下,时光也在飞逝而过,这位年长姑娘许多岁的"当地最高军事指挥官",无法俘获姑娘的芳心,显得郁郁寡欢。

　　然而,故事总是跌宕起伏的,有矛盾,有冲突,才能称得上人生中的故事。

　　有一天,姑娘在井边洗衣,突然,部队上的通讯员上气不接下气跑来，他告诉姑娘，他们的首长，在河边突然遭遇"野牦牛"袭击，被野牦牛的犄角高高挑起，又被重重摔下，正在部队卫生队抢救，可能不行了——通讯员哀求道，希望姑娘能去看望一下抢救中的首长。

突如其来的消息，使姑娘有些不知所措，犹豫再三，念其平日里，总是"关照"她的生活，总是把舍不得吃的罐头食品留给她，人都到了这个时候了，还不知能不能抢救过来，也许看这一次，也就是人生中的最后一次了！姑娘在接受采访时，如是说。

姑娘想来想去，作为认识的一个朋友，其生命遭遇危急时看望一下，也是情理中的事情。

于是，她就放下井边的衣服，跟着通讯员来到了抢救现场。

"野牦牛"把这位"指挥官"，的确给伤得够呛，抢救现场是沾满鲜血的军装，人已昏迷不醒。"野牦牛"伤了"指挥官"，而心地善良的姑娘却恰恰也是"属牛"的，人生真是巧合丛生，或许这就是"缘分"。

看望了抢救中的"指挥官"，临行前，她默默地把地上满是鲜血的军装，带回了井边，给洗得干干净净。她本来就是一个特别爱干净的姑娘，不仅人长得像文工团员，她的心地还特别特别的善良，像她的老母亲一样待人善良真诚！

或许是姑娘的善行感动了上苍，或许这就是冥冥中的"爱情"的力量，这位"指挥官"真的战胜了如此危重的伤情，大难不死，竟然慢慢地康复了！这一幕，时常让我想到电视剧《亮剑》中，李幼斌扮演的李云龙，多次遇险，炮火硝烟不仅没有吞噬他的生命，反而使他越战越勇，"狭路相逢勇者胜"，他不仅仅一次次"捡回了性命"，而且还"俘获了爱情"！这就是人生的奇迹，这就是生命的奇迹，不服不行。

写到这里，想必读者也就明白了，这位"指挥官"最终还是如愿以偿地实现了自己的"爱情理想"。

如今，已经80岁的"指挥官"，早已从部队转业，又从地方退休，颐养天年，每天都能得到当年那位美丽善良的姑娘的关照，这样的关照，是一生一世的，尽管也有生活中的矛盾和"不如意"！

他们育有两个女儿，也均已成家，有了自己的后代。

"牦牛恋情"，成就了一个"三世同堂"，拥有传统意义上"爱情"之家。这是这位美丽、善良、真诚的姑娘，当年所行的善行的结果。

人类许多"爱情"故事，总是各有各的不同，各有各的结果。

人生短暂而显得珍贵。但愿，且行且珍惜，但愿有情之人终成眷属。

这个故事就暂且到此吧，让我们为人生干上一杯！

2021年8月28日

子实于青岛逍遥轩东窗书屋

（二）放飞生命

2021年6月的一天，晚上下班后散步，在音乐广场巧遇青岛嘉峪关学校的小学同学阎青。久未见面，自然有很多话题，比如音乐广场雪白色的音乐棚内，有一架庞大的"数字钢琴王"，取名叫《银色的波涛》，青岛市东部开发管理办公室2000年12月，曾在"数字钢琴王"旁刻字立传，作者傅圣雪、青岛海洋大学（现中国海洋大学）研制。傅圣雪老师的名字好诗意啊！他曾是我们青岛嘉峪关学校的老师，那个时候就一直在传说，他能拉一手好听的小提琴，但是，从未亲眼见识过。傅老师长得一表人才，很有"派头"。没曾想到，多年后，他调往青岛海洋大学，也就是现在的中国海洋大学任教授，音乐天赋和才华，终于得以彰显，生命和时光，在这位教授人生中，没有丝毫的浪费，潜心于"数字钢琴王"的设计与研制，终于成为青岛东部开发的一个文化艺术的特有符号与标识，使他不鸣则已，一鸣惊人。傅圣雪老师在我印象中记忆深刻，而且是内心深处一直留有美好形象的老师，他浑身洋溢着艺术的气质，待学生礼貌而有涵养，代表了20世纪70年代，人民教师拥有的良好素质！

青岛嘉峪关学校同学阎青，有着多项爱好，比如喜欢摄影，我们都是山东省摄影家协会会员。省吃俭用，购置摄影器材，他甚至还购买了无人机专门用于航拍，投入大量财力和精力，剪辑制作了多种形式的影视作品，摄影技术和作品日益精湛成熟，被"头条"聘为专用摄影师。他正在积极准备各种积分资料，待时机成熟，申报中国摄影家协会会员。

阎青同学的另一个爱好是骑山地自行车进行体能训练。自知身体多年积劳成疾，他感慨生命的重要。他曾经多次独自骑车越野，让生命放飞，身体也在骑行锻炼中强健起来。日前正在认真筹划，准备参加一次较大规模的"铁人"三项中等程度的全国比赛，争取实现一次人生自我风采的展示，其人生不屈的顽强精神可敬可佩！

阎青的生命精神，也使我想到青岛嘉峪关学校的另一位小学同学刘强，他独自创业，承包山林，把家搬到山里，研究草莓种植，发展多种经济。在一次劳动中，不幸被机械设备割伤了腿，几经大手术，甚至是不打麻药的"刮骨疗毒"，他都咬牙坚持了下来，并且每一次手术前后，总是笑呵呵地劝导医生只管放心大胆地手术治疗，在我的眼中，这样的同学是真男人，让我感佩不已！

人生有难处,是不可回避的现实。人生总是苦乐相伴!

让我们回到开篇。遇到阎青,话题自然是摄影和身体锻炼。他知道我每天都是要走两万多步的步行锻炼。于是,他便推着自行车,与我边走边谈。

阎青同学知道我在写书,以前出版的书,也都赠送给他,每次出版活动,无论是在书城,还是在青岛市图书馆、青岛文学馆,他都是踊跃参与,认真进行现场图片资料和视频资料的拍摄,并且精细地制作成片,配上音乐,上传网站。对我的作品创作出版支持很大,令我感动!

散步中,我们边走边谈,沿着青岛音乐广场海边,一直走到他在太平角一路与湛山五路交会处的部队大院的家,又折返回来,陪我走回位于逍遥二路上的逍遥轩东窗书屋。阎青侃侃而谈,一个故事接着另一个故事地讲给我听,他给我讲了两个"放飞生命"的故事。

一个一起玩儿的朋友,以前都一起骑车,突然有一天感到身体不舒服,去医院一检查,医生说,也没有条件手术啦,让他吃点好吃的,就这样吧! 言外之意,就是病重得没法治了!

不言自明,这个朋友明白了医生的意思,忙活了一辈子,就这样了吗? 这个伙计想来想去,干脆把房子卖了,心想这一辈子还没享受生活呢,就这么"完了",不值得,还没出过国旅游呢! 于是,拿着卖房子的钱,跟谁也没打招呼,就独自一人周游世界去了。你还别说,这心情一放松,旅游一愉快,身体的"疾病"的事儿,全都忘了。有一次,在国外旅行的途中,突然遭遇一场特大暴风雨,结果泥石流把一个古老的神庙遗址冲刷过后,这个伙计竟然意外地捡到了"宝物",他回来后,几块碎片对齐了一只"碗",经过考古专家鉴定,这是中国早期的"瓷器"产物,稀有且珍贵。

不仅如此,心情一放飞,生命也就跟着放飞了,没有负担,没有压力，整天快快乐乐地旅游，做着自己想做的事儿，结果，当他再次出现在医生面前的时候，那个当年给他看病的医生都感到不可思议！医生告诉他，一切都大为好转，指标几乎正常，让他放心大胆地再去"放飞生命"吧！人啊，越是放开自己，越是活得好！这是真理！

记得有一位知名专家告诉我：许多"绝症"病人都是因为"过度医疗"和"恐惧"而亡命的。

还有一位朋友，也是得了"绝症"，于是，想过一过自己想过的日子，清清静静度余生，就在山里租赁了一处农家院落，过起了"自给自足"的小日子，空气清新，水流清澈，几乎没有什么污染，有花有草，有鸟鸣，有果香，没有争斗，没有竞争，没有嘈杂，也没有喧哗，自己种菜，自食其力。结果，也是"大病自愈"，这是又一个放飞生命的人生精彩瞬间！

就这样一路走来，阎青给我讲了许多人生遭遇和见闻，我们共同谈论着，品味借鉴着，各种各样的，"和而不同"的人生经历。我说：我要写一篇《放飞生命》，将来放到新书里出版。他说：我非常期待，希望能够早日读到。

在此，文章终于记录成形，可否让我们为今天的人生而把酒言欢呢？

2021 年 8 月 28 日
子实于青岛逍遥轩东窗书屋

（三）绿皮火车

母亲尽管几十年生活在青岛八大关太平角，曾积极响应党和国家号召，一个个亲手将 7 个子女，送往农村、边疆、部队支援国家建设,保家卫国,但是,她从来没有坐过"绿皮火车",更别说邮轮、飞机、高铁动车了,因为,她从未离开过父亲,从未出一趟远门。

1985 年,我还在旅顺基地服役,就那么一次机会,母亲还是为了照顾病中的父亲,而主动放弃了"出远门"机会。这让我这个当儿子的,至今感到对于母亲的关爱,有所缺失。

直到 2014 年 10 月 28 日,92 周岁的母亲猝然离世。母亲的一生,总是在顾全家庭,顾全大家,很少考虑自己,尽管内心深处渴望出去走一走,有看一看外面世界的愿望,但是始终没有实现。这是我这个当儿子的,一生都无法挽回和弥补母亲内心深处永远的痛!

汽笛一声肠已断,从此天涯孤旅。

1981 年的夏天,我高中刚刚毕业,因几分之差,而错失大学课堂。2021 年 6 月,是我们青岛 26 中学高二·三班毕业整整 40 年的纪念日,如果不是疫情复杂,我和周小明等同学,早就开始筹划高中毕业 40 周年的纪念活动。再过 23 个月,满打满算,不过 660 天,我也就年满"花甲之年",进入人生的"后半场"的退休生活了,而我们班的许多女同学,都已经在 50 岁和 55 岁退休,早早进入了人生的"第二个黄金时代"，或赋闲，或担负起培养下一代的"下一代"的繁重任务。

人生大致就是过往的积累，早早晚晚，点点滴滴，记忆深处的东西，总是那么美好难忘！

高中毕业后，没有什么更多的出路，等待国家分配就业。于是，受人生理想与未来前景渺茫的困扰，我下定决心，自己走一趟大西北甘肃。当时，二姐在甘肃工作。她也盛情地发出邀请，热情欢迎我去一趟甘肃武都。

但是，从未出过门的我，一旦决定了出发，便头也不回，勇往直前。

尽管还不到 18 岁生日，但是，我什么也不惧怕。利用高中学习的地理课程，首先在日记本上画好铁路、陆路的路线图，又找到周小明同学商量。他的哥哥就在青岛至兰州的火车上当乘警长，戴臂章，腰挎手枪，长相与那个年代的著名电影明星梁波罗非常像，很是英俊威武。我们约定好，就在他值班的时候，提前购票，提前上车。小明的哥哥很热情，将我的一切安排得相当周到，周小明和王海波同学去火车站送我上车。

那个年代，火车都是绿皮的，像一条绿色的长龙，火车的速度是缓慢匀速的，不像现在的高铁动车。

绿皮火车上，有乘务员，打扫卫生，送开水，过道上推着小车，卖方便食品和书报杂志，耐心解答乘客的问题，帮助解决一切可能解决的问题。

一声汽笛长鸣，绿皮火车缓缓驶出青岛站，我的心情很激动，对火车上的一切感觉很新奇。毕竟是第一次坐火车，回来后，我把坐火车的感觉一五一十地讲给母亲听，她很认真地听着故事，仿佛自己也坐了一趟火车。

绿皮火车驶出青岛后,小明的哥哥便安排我去餐车休息,餐车宽敞,视野好,窗外全是风景,随着火车开动,不停地变换,就像是在看电影一样。

我当时穿的一身绿色的军装,咖啡色的塑料凉鞋,乍一看,像是一名军人,这是那个年代特有的服装,年纪略长的穿中山装,青年人喜欢戴绿色的军帽,穿绿色的军装。

二姐让我帮助从青岛捎几块特产"工农兵"牌和"金锚"牌手表,当年是稀缺生活品,还有一些全国粮票和钱,虽然不多,但很金贵。在卧铺上,我小心翼翼,提高警惕,用布包好,压在枕头下面。

当时的社会治安还好,但是人们还是很谨慎,乘客之间也不多交流,多数人把钱和粮票,缝在内衣裤上防止被盗。

路过的各个车站,都有不同的特产,卖东西的人口音也不一样。到了济南站,满车站卖东西的人都在吆喝:包子——热包子——牛肉的;还有卖烧鸡的,卖煎饼的,很是热闹。看够了光景,上车继续走,绿皮火车不紧不慢的,匀速前进,只听到车轮与轨道的撞击摩擦的声音,很有节奏,稳稳当当,直至把乘客送入梦乡。

就这样,青岛——济南——徐州,陇海线再转宝成线,小明的哥哥一路护送,他们的绿皮火车,继续驶向兰州,而我则是自己提着大包小包的青岛钙奶饼干,别小看这些青岛钙奶饼干,二姐在青岛生下二女儿后,全是母亲带领我们用奶粉和钙奶饼干把她喂养长大的,那是 1975 年,钙奶饼干是要专门凭食品票供应的。自己转宝成线,一路驶向横县河车站,这是宝成线的一个小站。

宝成线位于崇山峻岭之中,绿皮火车,上沟爬坡,气喘吁吁,前面一个车头带着,后面一个车头顶着,就这样缓缓前行着,没有人会想到,当年,为了修这条铁路,牺牲了多少的筑路人。社会主义的中国,凭理想、信念、干劲,完成了第一个五年计划,又继往开来,前赴后继跟党走，不断创造出惊天动地的伟大业绩，真的是：换了人间！

从横县河车站到武都，还有一天的汽车路程，在这里，让我真正见识了，什么叫"黄土高坡"。所以，后来读路遥的《人生》和《平凡世界》，我马上就能理解他们为什么一定要拼命挣脱命运的牵绊，向往理想自由的人生。

在"黄土高坡"上乘车行进的一天，也让我感悟当年人民军队转战陕甘宁边区的不易与伟大战略的意义。

人生真的不可以"坐井说天阔"！亲自走一走，看一看，才能体会和对比出，什么是幸福生活。而有的人，就这么荒废了，甚至整天不务正业，不干正事，究其原因，是"身在福中不知福"啊！

在甘肃武都的一个半月时间，我感受到，那里有纯朴的民风，也有传统文化的根基，有现代文明的输入，也有现代文化与传统文化的碰撞！

开始是严重的干旱，雨季后是严重的洪水泛滥。白龙江的铁索桥，滚滚雷鸣般的浪潮，连接着两岸，也涤荡着两岸，千年川流不息的白龙江，见证着历史的变迁！

从武都返程的日子，天始终在下雨，一个半月的时间，也在武都建立了几个小伙伴关系，他们很勤劳，也很友善！从武都乘车到达天水，然而，天水突然实施紧急戒严，戒备森严。后来才知道，由于洪水冲塌了隧道，险些砸到从新疆视察返京的邓小平专列。

于是，我们再次绕道赴兰州。好不容易托关系买到一张临时客车的绿皮火车票，绕道银川、包头、呼和浩特，到达北京的丰台车站，一路走走停停，给所有车让路，这一趟车绿皮火车，整整走了七天七夜，白天日头暴晒，衣服湿透再干，夜间狂风怒号，飞沙走石，打的窗户玻璃哗哗作响，车体摇摇晃晃。

1981年，我就这样第一次来到北京，兴奋激动地参观了天安门广场，庄严肃穆地瞻仰了毛主席纪念堂。

随后，在当时的老北京"大众浴池"，透透地泡了一个舒舒服服的热水澡。

1981年9月3日从北京回到青岛。两个月后的11月3日，我光荣地加入中国人民解放军海军特种兵部队行列。那一天下午，在市南区武装部集结，我们一群年轻的战友们，从青岛大港码头乘客轮出发，经停石岛后，驶向大连港码头，开始了人生第二故乡的军旅生涯——海军北海舰队旅顺基地特种部队侦察兵的生活和职责。

那一年，我18岁。

让我们为每一位读者的18岁，干杯！

2021年8月28日

子实于青岛逍遥轩东窗书屋

论生与死

　　中国古代有诗曰：先民谁不死，知命复何忧！

　　凡生必死，这是大自然的客观规律，任何人都不可回避的现实人生，无一例外。

　　2021 年 8 月 5 日，父亲走了三周年了，这一年的 10 月 28 日，母亲也走了 7 周年了，时间和光阴就是这么快，留也留不下，来来去去，如来是也，只有心中的不舍和缅怀！

　　李白曾在他的诗篇《拟古十二首》中写道：

生者为过客，

死者为归人。

天地一逆旅，

同悲万古尘。

月兔空捣药，

扶桑已成薪。

白骨寂无言，

青松岂知春。

前后更叹息，

浮荣何足珍。

在我们办公大楼的后窗，放眼望去，丘陵连绵，四季更迭，色彩变幻，层林尽染。就在这样的环境中，一幢幢小楼或山上或山下，一排一排，一个模样，仿佛像一些"全国统一模样"的"病态人"，然而，就这样动辄几万一平方米的房屋，"搜刮尽"房主人一生拼搏的血汗钱。"安得广厦千万间"这样的诗句是实现了，可是人完了，命没了，难道一生的奋斗就是为了这几十平方米的房产吗？太不值得了，我想！

在这片丘陵"别墅"的背后,是一片陵园公墓,从楼上看,一块块小石碑,就是曾经一个个鲜活的生命,他们参与和经历过所有现在活着的人们所经历的一切。如今,长眠山坡上,不过是一块小小的石碑,供人们瞻仰和缅怀而已,"只要有一个人能提起他们的名字,那就说明,他们的魂魄还活着,他们并没走远,还在人间"。也许吧,这只是一种猜测,或是人们的怀念,"死而不亡者寿",能够被提起的人,总是活在人们的心中。

活着的人,住房不易,而故去的人,墓地也是价格不菲,一个墓穴十几万到几十万不等。深埋泥土后的骨灰,也要"按质论价",否则就不能显示出他们的尊贵,这简直就是演给活人看的一个笑话!

纸灰化作白蝴蝶

泪血染成红杜鹃

日落狐狸眠塚上

夜归儿女笑灯前

这就是人性所在,每每谈到安葬和祭扫时,见到的经历,母亲总是坦然一笑,唉!人就那么回事吧,何必平日计较太多,她总是这样说!

殡仪馆的后山,是新开辟的一块"生命教育基地",有遗体器官捐献者的纪念牌,也有树葬、花葬、海葬等各种生前身后事的安排形式。应当说,这是一种文明进步的表现,是对逝者的极大的尊重,生者面对的反思场。

每一个人总要走完自己该走的路程,因生命短暂,所以尽量好好地生,好好地活着!至于死后,最好是以极其简单的方式妥善处理好遗骨,遵从逝者的遗嘱,安排好一切后事,这也是对逝者的极大的尊重。人格尊严,生前身后,都应保持一致。

　　我常常跟我的友人们郑重其事地说：我走后，很简单，烧了这副皮囊后，用一只坛子，装上一把骨灰，从我父母海葬的青岛八大关太平角海边的同一处地方，将坛子沉入海底，我将感激不尽！从此，我就可以与我亲爱的父母双亲，在蔚蓝的大海里，自由驰骋，再也不分离了！

　　　　　　　　　　　　　　　　　　2021 年 8 月 31

　　　　　　　　　　　　　　子实于青岛逍遥轩东窗书屋

近朱者赤)⊃————

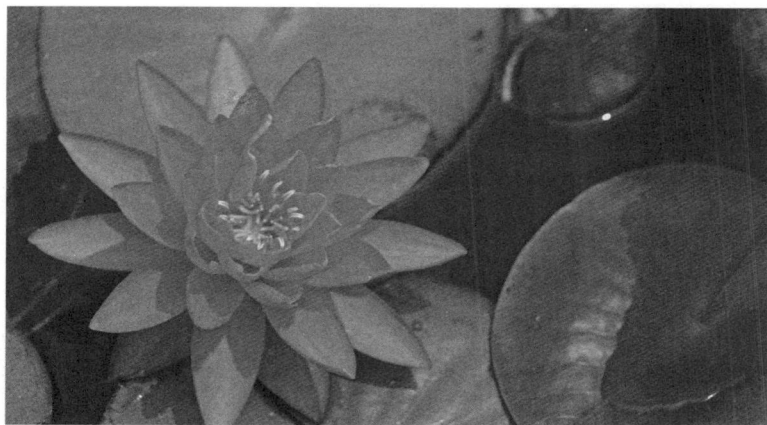

　　"素朴"和"朴素"是我们常常用到的两个词汇,然而,这两个词汇的本意,大家却未必都知道。其实,"素"和"朴"是两种物质,"素"是未经染料染过的白布;而"朴"则是未经过雕琢的原木。这样一说可能大家就明白了,为什么这篇文章的标题是"近朱者赤"。

　　记得读柏杨先生的《中国人史纲》,经常会出现一个词语"酱缸",就是用缸汇杂着各种蔬菜腌制在一起,好比社会之复杂多样,像一个"酱缸"一样。

　　从小父母就告诫我们:社会是一个"大染缸",一块白布,扔在什么染料的缸里，就会被染成什么颜色，以后想洗干净，并不是一件容易的事情。所以，老话讲"近朱者赤"，还有一句话叫"近墨者黑"，这话确实是真理！

"孟母三迁"的故事，父母讲过不止一回，意在称赞孟母的远见卓识，更是提醒不要胡乱学习不良风气，免得沾染坏习惯而影响一生。

中国古代先贤，把朋友分为"损三友"和"益三友"。"损三友"：便辟、善柔、便佞；"益三友"：友直、友谅、友多闻。

"便辟"与便僻其基本释义词语通假，辟同"僻"，邪僻的意思。亦作"便嬖"。

善柔是指阿谀奉承的人。

便佞指能言善辩，但心术不正引人学坏的朋友，是损友。经常善于说一些花言巧语的好话，满足虚荣心以求得生存的小人。

上述三种人，是损人利己的，或既损人，又不利己的坏人，应当远离避害！

而"益三友"中，包括的是："友直""友谅""友多闻"这样的三种值得交往的好朋友。

友直就是要与正直的人交朋友。

友谅就是要与讲诚信的人交朋友。

友多闻就是与知识广博的人交朋友，是有益的。

同样都称为"朋友"，但是，"朋友"与"朋友"概念却是大不相同的。

有道是：强势文化造就强者，弱势文化造就弱者。强势文化有自己独有的文化根基，这个文化来源于不断学习，善于学习，传承中华文明和中华文化的脉络，辩证思维，形成新的文明和文化基础，而弱势文化，只能依附于强势文化，永远不会有自己独到一面的文化精髓。

什么样的"圈层",造就什么的"朋友",什么的"朋友"混在一起,就可能干出超越"朋友"的"惊天动地"的大事情!

我曾在现场目睹"酒文化"的"鼎盛时期"。"酒文化圈层"在中国由来已久,不足为奇,奇怪的是,喝酒的方式方法,却是"花样百出",为此,有些人,以其独有的"胆识",在其"圈层内"大肆表演展示"超高的饮酒技能",如果不是亲眼所见,真是难以相信:拿来一个硕大的精钢盆子,一次倒上六瓶甚至更多的啤酒,然后,将几个小杯子的白酒,连杯子一起沉入装有啤酒的精钢盆中,再然后,把六个或者更多的新鲜鸡蛋,再打碎倒入精钢盆中,就这样,将近十几斤重量的啤酒加白酒再加鲜鸡蛋的一盆说不清的混合物,面对一桌客人,一饮而尽。真是恶心而又恐怖的"饮酒表演",顿时引起每个人的生理性反应,跟着他们都想吐,而这样的人,绝非个例。

党的十八大以来,中央明确"八项规定",严惩了一批贪赃枉法,破坏党规党纪,破坏了法规法纪者,大快人心!这样的误国歪风,必将坚决惩治!

我总是在想,这是一种文化吗?这是怎样的一种名利场?其人生的目的和意义,一生与酒相伴,眼前的多少人,已经喝成了"酒精脑",未老先衰、痴痴呆呆!形成严重的酒精依赖症。

靠近什么人,学什么人,这是定律。因而,"近朱者赤,近墨者黑"绝非一句空话与说教,这是一种哲学观,一种逻辑思维,也是人生中的现实,是一个永不过时的真理!"自知之为明、自胜之为强",明白自己的内心究竟想要什么,远离不良"圈层文化"的熏染,做一个真实的自己最好,精神和身心最健康!因为人生太短暂!

2021 年 8 月 31 日

子实于青岛逍遥轩东窗书屋

论“乌鸦定律”

　　早就想写一篇这样的文章，来记录现实生活中的点点滴滴，但是，苦于没有一个合适的"切入点"，直到我读到了关于描述"乌鸦定律"的文章后，才写作了当前这篇文章。

　　"乌鸦定律"在我看来是一个生活中的"寓言故事"。有一天，一只乌鸦，突然默默地收拾自己的行装，准备远离这个一直生活的地方。一只兔子，从森林的深处跑来，问乌鸦：你真的准备离开这里再也不回来了吗？乌鸦给兔子的回答是无奈而肯定的，乌鸦说：森林里的小伙伴们都十分讨厌我的声音，我只有离开大家，才能让大家不再讨厌我了——听了乌鸦的回答，兔子说道：你的声音是与生俱来的，只要一开口，无论走到哪里，时间长了，人家都会厌烦的，所以，远离不是办法，尽量少开口发声，倒是一个不错的办法。乌鸦没有听取兔子的规劝，仍旧带着他特有的嗓音，"哇哇哇"地整天叫着，无论他走向何方，都不曾有改变，人们依旧厌烦他时不时"哇哇哇"的难听的叫声，这就是"乌鸦定律"！

　　"乌鸦定律"让我常常想到人生中的这样一句话："良言一句三冬暖，恶语伤人六月寒。"；还有一句话叫："三年学说话，一辈子学闭嘴。"大概这都是人们总结的人生经验吧。

　　比如，现在当我正在写作这篇文章时，窗外飘来一阵阵的电声喇叭的叫喊声。现在的人们都已经很聪明了,买一个便宜的小电喇叭,然后,以各种方言土语的"普通话",用其录音,制成各种广告,循环播放,这种声音,随着扩音喇叭,在生活的空间无限地传播,各种声音相互压制,又相互纠缠,噪声一片,既不像打着"呱嗒板"随口沿街叫买卖"灭老鼠、灭蟑螂"的祖传药贩;也不是"老北京天桥"的婉转悠长的"叫卖艺术",而是一片杂乱无章的"恶性竞争"的叫喊声,这些噪声,比起乌鸦的叫声来,有过之而无不及。但是,没有办法啊!这是涉及生存的需要,不叫卖,又能怎样呢?必须理解百姓生存的空间和苦衷。随着一声声"磨剪子来,炝菜刀""回收冰箱、彩电、洗衣机、空调、摩托车、手机、热水器、电脑、家用电器——""哎哎,哎哎,快看看呀,便宜了,快来看看,快来买呀,大西瓜——""面包打折、牛奶打折、所有的都打折"——这就是商品化时代,电喇叭早已改变了它的"特有的宣传用途",现在的"它"其功能主要是替人卖东西叫唤,严重的噪声扰民,可又能怎么办呢?

一部分人在烈日与风雨下拼命,赚不到几个养家的钱。一个老汉,60多岁的样子,整天推着一辆破地排车,戴着一顶破草帽,车上装着贩来的时令水果,每天行走在大街小巷,见人就问:买点吧,买点吧,天就要黑了,便宜点卖给你——有一天下班的路上,狂风暴雨,他无处躲藏,只好把仅有的一块塑料布盖着赖以生存的水果上,自己淋在大雨中——

这样的老百姓的日子,你让他"闭嘴",能行吗?不沿街叫卖,又靠什么生存?生存是本性,"乌鸦定律"也是本性,不喜欢又能怎样?

我很早就看过一部电视剧《天道》,大概能有16年了,看了很多遍,是王志文和左小青主演的,其中,在一场特别安排男主角出丑的"酒局"中,借着醉酒,王志文饰演的丁元英,给大家现场赋诗一首：

本是后山人

偶坐前堂客

醉舞经阁半卷书

坐井说天阔

大志戏功名

海斗量福祸

待到囊中羞涩时

怒指乾坤错

这首诗的寓意想必大家都能看得懂，在此就不多说了。我倒是想说说我所亲身经历的一件事，那时2017年的寒假，之前联系过的一位大学老师，回来休假，说好我要请他吃顿饭，因为好久不见，他考上博士后，就留在外地教书，只是利用寒暑两个假期回来休假。

约定的日子如期而至，我喜出望外地准备迎接他，原定的小聚，他却呼朋唤友地叫来十多个来"吃大户"，而且，其中不乏"有身份的文学院长"，大学教授，研究生，博士后，男男女女，好不热闹。我请客，自然把老师列入上宾，又都是他请来的朋友，只有我一个人是"生人和外人"，老师自然是上宾兼全场的主持。

酒过三巡，略带酒意，不妨扯到文学的话题，第一个话题是卡夫卡，这个老师是教外国文学的，一提到卡夫卡，就像是立即触到了他的敏感神经，酒精在人体中，顿时产生化学反应一般，他突然说道：卡夫卡，那是你们可以评论的吗？立刻，酒桌上的人们，识趣地面面相觑，是啊，他是写过几本关于卡夫卡的作品研究书籍，是自己认为的"权威"，大家不是"乌鸦"，让大家闭嘴，独显其学术权威的霸道，总觉得别人都没有资格评价卡夫卡，这样的"学术霸权者"在我的周边已经见怪不怪了!

"乌鸦定律"让我感慨万千,走过的路,见过的事,还有很多很多,一点没错。

乌鸦不是飞离了他原来居住的森林,就能改变他"哇哇哇"的让人厌恶的叫声与形象的,与生俱来的东西,有他的本性使然,这一点,不是后天可以改造完成的。

电视剧《天道》里丁元英的那句话或许有他深刻的道理:别拿自己太当人,别拿别人太不当人!

2021 年 8 月 21 日

子实于青岛逍遥轩东窗书屋

原生家庭的启示

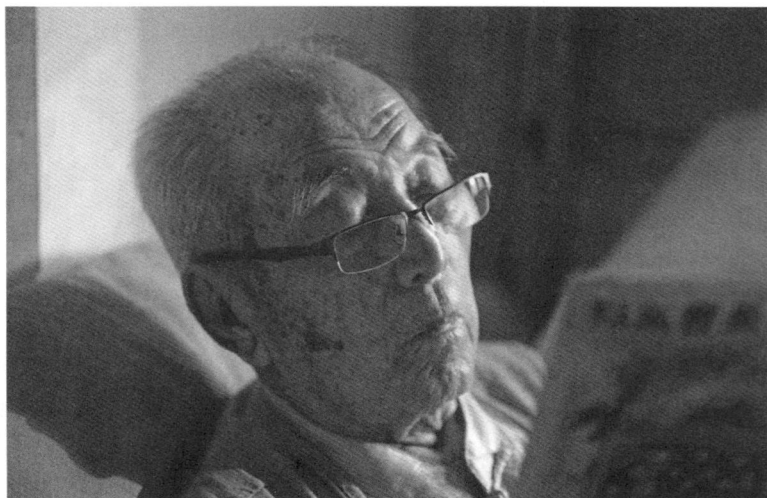

　　原生家庭对于一个人的成长,确实有举足轻重的作用,这一点是可以肯定的,但是,一个人是否在后天的环境中保持一种自律和向上的状态,在我看来也是很重要的事情。

　　也许大家还记得一部著名的影片《流浪者》吧,故事的主题是爱情,但是,却写出了在两个不同环境中成长的人,所产生的不同命运。影片里的那个"坏蛋"叫扎卡,他因为听到法官说出的一句著名"台词"——贼的儿子是贼,法官的儿子是法官,从而产生报复法官的奇特想法:待他出狱后,一门心思,采取一切卑劣手段,想尽一切办法,让这个法官的儿子变成一个"小偷"。故事变化万千,跌宕起伏,爱情与命运交织,最终,这个"坏蛋"扎卡,如愿以偿地使"小偷"拉兹站在法庭上受审,而审判"小偷"拉兹的法官,也正是"小偷"拉兹的亲生父亲拉贡纳特。

真是"戏剧性的曲折与冲突",现实让这个法官,面对"小偷"身份的拉兹时,变得茫然不知所措!这就是戏剧的现实,这就是真实的现实社会的缩影,这就是人生和人性的弱点与自然变化的法则。

读《红楼梦》里的《好了歌注》,其中有一句:

训有方,保不定日后作强梁。

择高粱,谁承望流落在烟花巷!

起初,没有读懂其中的含义,在经历了新闻记者生涯,看到听到感受到身边及其宇宙万象的现实与历史的发展变化时,我才略明白了"天地万物,有序无序,变化莫测"自然和非自然的"变化法则"。

人生是动态的,岁月在变,年龄在变,思想在变,行为在变,结果也在变。

世界上,变化是绝对的,不变只是相对的。

从孕育、出生、经历、成长、衰退、死亡,又有哪一个人,哪一件事物不在变化中呢?

难怪庾信在其作品《枯树赋》中这样写道:

昔年种柳

依依汉南

今看摇落

凄怆江潭

树犹如此

人何以堪

著名成语"江郎才尽"的"主角"江淹,也在他的作品《恨赋》中写道:

春草暮兮秋风惊,

秋风罢兮春草生。

绮罗毕兮池馆尽,

琴瑟灭兮秋垄平。

自古皆有死,

莫不饮恨而吞声。

所以,"老人言"皆告诫人们:学坏一夜间,学好一辈子。一个原生家庭的教育,父母从小就会不停地循循善诱,把前人的经验和教训,都反反复复说给我们听,让我们长"记性",并用他们的言传身教,做我们人生的表率。

20世纪的60~70年代,中国人的生活都是比较艰苦的,大家都一样,搂草捡柴,挖煤核,烧火做饭,大锅底,拉风箱。没有现在方便的天然气当燃料。

我的母亲,当我们还在睡梦中的时候,她已经趁着天还蒙蒙亮,早早起床,一个人搂下一大堆一大堆的松针和杨树叶,我们家的"草垛",那是整个院落里最大的"草垛",就连最能干活的男人,都要对母亲竖大拇指赞扬其勤劳。

母亲常常说:好饭要给能干活出力的人吃!

而她自己,却一边吃着玉米饼子或地瓜、地瓜干,一边一溜烟似的小跑去上班,因为一大早搂草,怕迟到耽误了上班。

这就是一个原生家庭的言传身教!

　　吃饭不许说废话,不许打闹;大人不动筷子尝尝,孩子不许动筷子;来了客人,孩子到一边去玩,不许到桌前蹭饭,一切都要先保障客人吃好吃饱,尽管那个岁月,确实没有什么金贵的好饭菜!

　　父母常常用孔融让梨,李白与老婆婆的"铁杵磨针",贾岛的"僧推月下门"还有"僧敲月下门"的做事让我们明白道理!用"孟母三迁"的故事,告诉我们远离不利于成长的环境、人和事情。

　　回过头来看看,他们的善言善行,对我们的一生影响都很大。

　　我出生时,父亲43岁,母亲41岁。他们将我视若"掌上明珠"一点都不夸张,但是,该干什么,不该干什么,做一个勤劳、勇敢、坚强、善良、真诚的人,这样的原生家庭的"言传身教"的"课程"不曾脱节,不曾缺课,这是他们对我的"爱"的方式。

　　见到院里的长辈,要主动问好;借用邻居的物品,要完好地及早归还,并且一定要说:谢谢!

　　这些看似再平常不过的礼节礼貌,实际上靠的是一种习惯、尊重和养成。这就是教养。

　　我三岁背诵毛泽东的《满江红·和郭沫若同志》,尽管当时只是背诵,并不能全部理解。

> 多少事,
>
> 从来急。
>
> 天地转,
>
> 光阴迫。
>
> 一万年太久,
>
> 只争朝夕。

　　这样的豪情激扬的诗篇,一直激励我创作!

　　那时的父亲,午休时总是在读《李白与杜甫》,而且,总是从院子里叫我回来,躺在他的身边,当时的《李白与杜甫》是什么,我是真的不懂不知道。但是,现在李白与杜甫的诗,却时时在我耳畔回响,是那么的亲切自然。

> 君不见,
> 黄河之水天上来。
> 奔流到海不复回,
> 君不见。
> 高堂明镜悲白发,
> 朝如青丝暮成雪。

现在的我已经接近"花甲之年",不知不觉中,时光无情,岁月留痕。原生家庭里,父母"言传身教"于我们的,不会因岁月年轮消磨干净,也不会因岁月蹉跎而遗忘,反而,自己的年龄越大,越感到他们的言行在理!

原生家庭也好,非原生家庭也罢,一切人和事,总是在一个链条上运转,这是自然之轨道,也可以称作"天道",有道是:

> 师傅领进门
> 修行在个人

宇宙自然的规律,是需要我们每一个自己去参悟的! 真正的力量,正是我们每个人自己的反思与觉悟!

2021 年 8 月 30 日

子实于青岛逍遥轩东窗书屋

由"植树节"联想到的
"世界第八大陆"现象

　　每年的 3 月 12 日是中国的"植树节"中国"植树节",我认为是非常好的节日。"好雨知时节,当春乃发生,随风潜入夜,润物细无声",春天是播种的季节,万物复苏,春满人间。此时,激励人们种植树木,绿化大地,是一种亲近大自然,爱护大自然的善举,这样的节日,不仅可以激发人们对生命的感悟,更可以通过种植树木,改善我们的环境风貌,"绿水青山,就是金山银山",保护我们赖以生存的地球,应当成为每一个人,应尽的责任和义务。

　　2021 年的 3 月 12 日中国的"植树节"到来之前,我却看到这样一段视频,假如排除有人蓄意制造恐怖混乱,那么,这段视频真的让我不寒而栗,触目惊心了。

　　这段视频的题目是《世界发现"第八大陆",面积堪比 4 个日本,正在逼近中国》,起初,我以为人类又发现了"新大陆",为人类带来了新的土地资源,看过短短的视频才知道,原来是据观测卫星拍摄到的图像显示:这片所谓的"新大陆",已在位于美国的西海岸和夏威夷之间的海面生成,面积大约有 140 万平方千米,约 400 万吨的各类垃圾所形成的"垃圾大陆",正在海洋里缓缓移动,且慢慢向中国逼近。

从图像画面上显示,聚集的"垃圾大陆"上,有各种各样的饮用水塑料瓶,各种各样的塑料制品,各种各样的生活垃圾,被人们随意丢弃后汇聚而成,垃圾浸泡过的海水,生成红色的有毒水源,残害着各种海洋生物,人类饮食这样的有毒海水中捕捞的海产品,将会严重危害身体健康。

世界发现的"第八大陆",给地球上生存的人类,造成现实与未来的,极其严重的危害,这种危害将是不言而喻的,因而,我们每一个人,都应当很好地爱护环境和保护环境,不要再轻易地毁掉这个人类赖以生存的家园。正当全球与疫情生死搏战的严峻时刻,保护和珍爱大自然,就是在保护和珍爱我们人类自己!

2021 年 2 月 21 日

子实于青岛逍遥轩东窗书屋

适当的消费方式 ⊃——————

    2021 年 8 月 20 日,读到作者柳玉鹏发表在《环球时报》的一篇报道,题目是"俄国防部长:人类正大踏步走向灭亡"。文章称:俄罗斯国防部长、地理协会主席绍伊古认为,由于毫无节制地追求消费,人类正大步代地走向灭亡。

    据《俄罗斯报》18 日报道,绍伊古举例称:"你本来抓一只兔子就能吃饱,但当你抓 10 只的话,就需要一个冰箱,否则肉就坏了。冰箱运行需要电,为此就要开采燃料。但问题是,你需要 10 只兔子做什么呢？我希望有一天所有人都能明白，是时候停止这种疯狂的消费竞赛了。"

绍伊古还以自己祖父为例，提醒人们理智对待地球资源。他说："我的祖父是一个猎人，他去森林打到想要的猎物就会收手。他本可以继续打猎，但他没有这样做。因为他知道，他吃不了那么多肉，继续打猎会让明年的猎物变少。"绍伊古提醒人们，适度的消费方式不是官僚制度建立的规则，而是生活方式创造的规则。

无须讳言，这篇短消息和绍伊古的适度消费观点，引发了我强烈的共鸣。

从艰难生活的岁月走过来，又看到当今人们极尽奢侈豪华的肆意消费方式，我的内心是极不平静的，既愤慨人们肆意妄为、穷奢极欲的挥霍，又担心未来地球上的社会、自然、人类，当地球上赖以生存的资源耗尽时，人类将靠什么来生存啊？既然不能生存，那么只有走向灭亡！

也许有人会说：你这是"杞人忧天"。也有人会嘲笑：你这不是在替古人担忧吗！地球那么大，承载着 70 多亿人口，人家都不忧愁，你忧愁个啥呀！

说这样话的人，不妨走进饭店的餐厅看看，人类在解决了"衣食无忧"的温饱之后，是怎样的大肆挥霍浪费！每晚散步回来，运送垃圾的车辆在加班加点地运行中，整车整箱的垃圾，臭味遍布四野，"逆风臭十里"。随意丢弃的物资，何止是食品，水果、牛奶、饮料自不必说，单单是各种玩具、服装、鞋帽，一切应有尽有的各类各式物资，真是"弃之如敝屣"，近观之大为惊叹，有些竟是新东西好东西，如今，已不再被人们所爱惜所应用。可知道？这样的物品，直到现在还有好多地方的人们，听都未听到过，更不用说见过用过了，然而，现实却是，这些崭新的物品，已被统统运往垃圾场掩埋。

要知道,生产制作这样的物品,需要耗尽多少的资源、时间成本与人力成本,实际上,这就是在耗尽生命成本!

说到餐桌上的鱼虾螃蟹、海参鲍鱼,如今在有些人眼里,也是"家常便饭"了,说明物产的极大丰富,在改善着人们的餐桌。这些,基本上都是靠近海"网箱养殖"而成的,我曾担任过科技行业记者,多次采访参观"多宝鱼""海参""鲍鱼""扇贝"等海产品的实验室和试验养殖基地,并乘船实地拍摄海上的"网箱养殖",也在央视新闻中,报道过相关科研新闻。我们目前在餐桌上所能吃到的个头越来越大的"海鲜",基本上都是"网箱养殖",也就是人工养殖的科研产品。但是,有一个不争的事实是:即便是存在的,合理的产物,也不能大肆挥霍,肆意浪费!因为,这样的餐桌上的"海鲜",凝聚着多少海洋科研人员的心血,是夜以继日地拼命研究换来的,成果来之不易,也应倍加珍惜啊!

或许,我们可以再去看看这样的场景:散步经过的奥帆中心,警卫人员用电喇叭,循环播报不许在大坝钓鱼,请立即离开!然而,"自由惯了的人们",依旧我行我素,钓鱼的乐趣是:活生生的小鱼苗种子,被网上来,被钓上来,弃置一旁,任由死亡。

或许,我们可以再去看看这样的场景:禁渔期过后的"麦岛",渔船频繁进出,岸上是摆摊的"渔民",用一个个小盆子,盛着稀有的"海货",价格很贵,因为,一次出海捕捞的时间成本、人力成本、油料成本,远远无法与获得的"海货"相抵消,只好"搁船晒网""上岸另谋职业",出海的船只,不得不用"绝户网",捕捞上岸的是"鱼子鱼孙们"。这样的命运背后,是海洋资源的枯竭,我们还能再有"口福"吃到纯正的野生"海货"吗?或许能有幸运者,吃到真正的"海货",而这些"海货",是在五四广场与音乐广场周边,身穿潜水衣,冒死潜水"捞货"的"海碰子"们,用命换来的,这样的"海碰子"们在日本、韩国都有,甚至有影像资料显示,更有名的是"女海碰子",潜技高超,以命搏命!

或许,我们可以再去看看这样的场景:有的人家的电冰箱里,塞着满满的鸡鸭鱼肉,冰箱在没日没夜地运转,电能在夜以继日地消耗,而冰箱里的"年货"或"存货",只能随着时间的流逝,腐烂被丢弃。

这就是,为什么我对绍伊古的观点高度契合的原因吧!或许,我们每一个生存者,是到了该反思的时候了,难道浒苔的来袭,天气的异常,还不足以引起地球上的人类的惊醒吗?

2021 年 8 月 22 日

子实于青岛逍遥轩东窗书屋

《思想者》与思想

　　1880 年,40 岁的奥古斯特•罗丹接受了制作《地狱之门》的创作任务。这位著名雕刻家为此做作品耗用了 20 年的时光。最近看过一段视频,其内容是介绍罗丹的著名作品《思想者》,这才知道,原来罗丹的《思想者》雕塑,只是《地狱之门》整个作品的一部分,《思想者》雕塑置于《地狱之门》门的顶端上,一个右手握拳托住下颌,左手置于膝盖之上的裸体男子,蜷缩健壮的身躯,埋头思考的样貌,所表现出极度痛苦的心情,注视人类发生的悲剧,在深刻地沉思中，又怀着极其矛盾的心情，同情、爱惜人类。整个作品生动传神，将观赏的人们也带进深深的思考之中，此作品具有极强的带入感。

奥古斯特·罗丹（1840—1917），法国雕塑家。《思想者》，是他若干著名作品中的代表作之一，在艺术界享有极高声誉，由此《思想者》雕塑也带给众人产生多方面多角度的现实与历史的思考。

罗丹在设计《地狱之门》铜饰浮雕的总体构图时，花费了大量的心血塑造这一后来成为他个人艺术的里程碑的《思想者》。最初罗丹给这尊雕像命名为《诗人》，意在象征着《神曲》的作者但丁对于地狱中种种罪恶幽灵的思考。这一形象的诞生，罗丹倾注了巨大的艺术力量。罗丹的《思想者》成为这个"万恶世界"的目击者和思想者。

我的一位朋友常常在交流谈话中，引用"人类一思考，上帝就发笑"这句极富有哲理的名言。

人类停止思考，甚至是胡乱思考而导致的问题，不可谓不严重,乱思考、瞎思考所导致的结果,是人类自身产生悲剧的根源。

罗丹的《思想者》让我时不时地产生一些"思想"!

比如,有人称为"凝固艺术"的房产群落,随着房产开发商打着各种旗号的开发,已经不再是原来的样貌了。无论到东京,还是国内的一些都市,千篇一律的玻璃、钢筋、混凝土浇筑的高楼大厦,简直一模一样,从东京回来,想想那么密集的人群川流不息,摩肩接踵,跟国内那些城市一样吗,霓虹闪耀,流光溢彩,从大楼主体的外表包装,到功能的使用,真真正正的全球化"统一模样",没有城市的独特样貌。

比如,城市开发中文物保护问题,一个城市或许经过几百年,甚至上千年的历史,都是要沉淀出这个城市的历史和文化样貌的。杭州的虎跑,对李叔同先生(弘一大师)出家前后历史文物,保存得比较完整,虎跑有一处李叔同纪念馆,参观后有一种敬佩和历史的实录感。这就是一种文化传承的模样——有迹可循。然而,2017年,我几经周折,去泉州的模范巷,想寻访弘一大师的圆寂地温岭养老院晚晴室,导游询问周边若干居民,竟然不知道有弘一大师和晚年修行居住的晚晴室,最终,我们在一个居民院中终于找到了,结果所看到的晚晴室,门窗破烂不堪,室内墙体乱写乱画,简直不敢想象,这么重要的历史文物所在地,竟然被"开发商"糟蹋成这般模样。就在同一个区域,不出十步远,竟是儒家大师朱熹的"小山丛竹"讲学地,也仅仅是一块石碑和一块牌坊而已。如今,这里已经被泉州某医院占据多年,说是要搬走居民重建,不知4年过去了,现在的境况如何。即便是"修旧如旧",还会有历史文化传承的脉络吗? 答案不知!

人类社会的急功近利,总是得过且过,缺乏长远观念,只顾自己眼前,不管子孙后代,当一切具有相当历史价值的城市建筑也好,文物也好,毁坏了,丢掉了,还能再找回来吗? 即使"开发商"花怎样的价钱,造出的古城,也是假的。假的就是假的,它真不了! 因为,它缺少的是那个"味道"!

最近,因为出版了《无一例外·纪念版》我去青岛报业集团所属的青岛文学馆赠书,与臧杰馆长进行了首次见面交流,他读过我在九州出版社出版的《大医精诚——与中西药学名家刘镜如先生的人生漫谈》一书,谈到他的一个创作选题想法,他说:青岛进入20世纪50年代以来,成为疗养避暑胜地,你们家常年居住在八大关太平角,那里的疗养资源非常丰富,青岛的历史文化定位,可以有一个很好的记录与发展,父辈们在青岛八大关工作的若干经历以及留下来的各种资料,是非常宝贵的历史文物,如果能把八大关和驻青岛的各个疗养院写成书,那么将来对于青岛这个城市的历史文化定位,是非常好的一件事情。国家的、各部委的、军队的疗养院,大部分都在八大关太平角一带,你来写作这样一本书,很有条件,也有利于青岛的特色文化发展需要。

　　臧杰馆长的思想,很独特、很超前也很珍贵,想多做一些有利于城市历史文化发展的事情,真的是难能可贵。待写作时机成熟,我愿将再一次进行这样的思想探讨!

2021 年 8 月 29 日

子实于青岛逍遥轩东窗书屋

靠什么突破人生的"瓶颈"

　　人的一生,苦乐参半,不可能总是一帆风顺的,有欢笑也有哭泣,这才是一种正常的状态,七情六欲,雨打风吹,人生的道路上难免会出现"卡脖子"的"瓶颈"时期,这样的日子一旦出现时,就会让人失去人生目标,怀疑人生意义,甚至"疾病缠身""苦其心志"!又有几人能够做到"一蓑烟雨任平生"呢?

　　遇到这样的人生阶段,应该怎么办?我来谈谈自己的经历吧,或许对他人能够带来一些启示罢。

2000 年 1 月,当新世纪的曙光开始照耀人类居住的星球时,我们都满怀新的期待,准备开始一个新的世纪的奋斗。然而,命运或多或少地总是跟人开着玩笑似的,让人难以捉摸。

当时,我还在青岛电视台新闻中心,担任《青岛新闻》栏目的时政记者,采访报道任务异常繁忙艰巨。有一天,青岛市举行"双拥表彰大会",我不仅是新闻的采访者,也是"双拥"获奖者。准备好摄像机,叫上驾驶员准备赴现场采访时,突然,一阵心绞痛袭来,顿时导致我全身大汗湿透衣服,全身瘫软,呼吸困难,命悬一线。

120 救护车很快开到青岛广播电视中心大楼,这时的大楼刚刚建成启用,我就成为大楼第一个被 120 救护车抢救的人,我这个从事新闻报道工作多年的新闻记者,顿时成为新大楼里的"新闻人物"。要知道,1995 年青岛广播电视中心开工建设的奠基仪式的电视新闻报道,还是由我拍摄完成的,至今,其新闻资料,仍然保存在青岛广播电视音像资料馆里。

抢救,治疗,住院,手术检查,一系列的医疗操作中,我在 DSA

冠状动脉的导管的手术中挣扎，人命是很快被救回来，但是，心灵的创伤难以抚平。

住院病休治疗中，看望我的人都很诧异，头发很长，胡子很长，人很消瘦，弱不禁风，精神状态已是崩溃边缘。被积劳成疾的重病缠身，这是人生的一道大坎。从而可能就此废止我一生钟爱的新闻事业的追求。人生走向低谷，呈现出"瓶颈"状态。这样的打击可想而知，我才37岁，正是风华正茂、干事创业的中年时期，难道就此一切"戛然而止"吗？

我真的不甘心，但是，一切都是这般的无可奈何！

尽管，第二年也就是2002年调离了新闻中心，去青少部"少儿电视发展促进会"担任常务理事，继而，又开创了青岛电视台历史上的第一个新闻小记者学校，担任首任校长，首任小记者团团长，为社会开辟了一块特殊的小记者教育阵地，但是，风雨突变，怎能事事如我所愿，2005年1月14日，曾经借调我来青岛电视台工作的鞠侃彬兄长，猝然离世，享年54岁，他的英年早逝，他与我情同手足的深情厚谊，一下子将我彻底击垮，神经功能紊乱、几乎崩溃！

这是一次命运的搏战啊！如果没有人生相似的经历，很难体会我当时是怎样的一种感受，整个人傻掉了，废掉了，惶惶不可终日，什么也干不了，严重失眠，拿筷子的手是颤抖的——一切陷入死亡一般的沉静，没有丝毫的生活激情，什么也不想干，想干也干不了！

在此之前，自己用了100支签字笔，写下整整42万字的一部纪实性作品《经历》，创作杀青的那一天，是2003年的7月28日，我的40周岁生日。当时的创作状态还好，这部纪实性作品，记录了我人生40年来的经历，从特种部队侦察兵到新闻记者，人生几十年来，从医院的产房，到殡仪馆的火化炉，从善良的人变成牢狱中的囚犯，到各种各样的人行轨迹，见到的内幕，听到的特殊语言，太多太多。有好多人急切想读这本书，也有好多人让我出版这本书，但是，均被我一一婉言谢绝了！人生经历可以记录，但是，新闻记者的职责不能丧失，一切有违新闻道德底线的事情必须坚决回绝，这是原则！

其实，今天的再一次驻足回望进入新世纪之后的那段人生"瓶颈"期时，却感觉到世间万物，确确实实地存在着"两面性"，上苍给你关上一扇门，必定会给你打开一扇窗。

身体生病了，实际上是好好休息的机会。

对待生死的认识，实际上也是心灵修行的过程。

我明显地感到，忙活这么多年来，自己的心灵，自己的思想，该"充充电"了！

缺乏对生命自然规律的认识，缺乏对自我的认知，都是内省不够、内心不坚强的根源。因而，学习文化、补充能量、韬光养晦、厚积薄发，成为人生战胜一切困难的武器，学习，必须读书学习，只有增强自悟，方能战胜自己！

于是，我开始读书学习，写日记与学习心得，这为我积累了厚重的正能量！

诗词歌赋、传统文化典章、历史、文学、哲学、自然科学、心理学、儒释道哲学思想、易经、黄帝内经，等等。

散步中的反思与构想，摄影中发现的美的意境，经典影视中的人生启发，获益良多！正是花未全开，月未圆。其实是人生中最好的状态。

倒空杯子，才能再注入，就看你敢不敢有一种"空杯心态"。其实，空杯心态，在人的一生中太重要了，有道是满招损，谦受益，正是这个道理。

行到水穷处，坐看云起时；闲看庭前花开花落，漫随天外云卷云舒，有几人能够有这样的"闲云野鹤般的心态"。

　　能够感知到自己的欠缺,就有希望去补充缺少的能量。人生之输赢,实际上是"赢在心态"!

　　那段时光,是我人生最困难的时光,也是上苍给我最好的机会补充能量的时光。

　　书籍《老子》《白居易诗选》和电视剧《天道》是那个时候的我每晚必读必看的。

　　《老子》一书单行本,售价8元钱,我自己读后感到非常好,尤其这种三国·魏时王弼的注本,有一种醍醐灌顶、深入骨髓的好,让你认识生命的本真,妙不可言。今天可以说,我不仅自己读,而且,将书城这种版本的《老子》多次购买赠送给喜欢读书的人。

　　白居易这位"香山居士"、唐代著名诗人、文学家,他的诗选,道尽人生的因果定律,他的学识,他的眼光,可以洞穿万物人性,恰似茫茫如墨苍茫大海上的指路灯塔,照亮我们前行的道路。

　　电视剧《天道》大幕拉开,展示人性的方方面面,让困顿中的我,反反复复,横跨了15年,观看了几十遍,台词已经成为日常用语,至今化解在生活和工作中运用,因为,他让我把周边的一切,看了个明明白白,透透亮亮。我经常与周边的人交流时说:如果工作和生活中,有解不开的问题,那就去看《天道》!

　　其实,人生遭遇瓶颈期,不仅是读书学习使我有所收益,而且,对学习中的笔记和体会,我还进行了创作出版。从 2011 年至 2021 年,10 年间,我已创作出版纪实性作品《大医精诚》《生死尊严》《无一例外·纪念版》,还有正在创作的《实言微语》,以及即将在 2023 年前创作完成的《入镜还素》与《视觉岁月》等个人纪实专著。

　　这是学习与人生反思的成果,也是对人生最好的自我激励。

　　自觉学习,向内寻求人生意义的答案,才是打破人生瓶颈的最佳方案。至少,我是这么认为,也是这样做的。

2021 年 9 月 1 日

子实于青岛逍遥轩东窗书屋

作者小传

　　鄢敬诚,男,1963 年 7 月 28 日,农历六月初八,出生于青岛市八大关太平角一路 7 号;父赐字"子实",自取字"中直",自取号"听涛之人",笔名"子实""晓言"。青岛市广播电视台电视新闻记者、主任编辑、中共党员;系中共青岛市委、青岛市政府多次表彰的新闻先进工作者;曾长期担任青岛电视台新闻中心《青岛新闻》节目中,多个行业和部门的电视新闻时政记者;曾长期担任驻"两会"专职电视新闻报道记者;曾长期担任党和国家领导人、外国元首政

要访青时的专职电视新闻记者。

1993 年在青岛电视台新闻中心工作期间,赴北京广播学院(现中国传媒大学)电视系进修后,参与创办了青岛电视台历史上第一个新闻专栏节目《视新 20 分钟》,并担任栏目主摄像。

1996 年赴西藏日喀则采访报道青岛市第一批援藏干部,并为中共青岛市委、青岛市政府援藏项目决策,提供独自拍摄、编辑、制作完成的"内参资料片"任务。

1997 年赴云贵川老少边穷地区扶贫救灾。

1999 年参加青岛市首批赴台湾新闻记者交流团,成为青岛电视台有史以来第一位赴中国台湾采访交流的电视新闻记者,在台湾参访期间,曾遭遇"百年一遇的 9·21 全台大地震",回青后,曾在多家新闻媒体和青岛出版社出版的《台湾》一书中,率先报道中国宝岛台湾。

2003 年创办了青岛电视台有史以来的第一个电视新闻小记者学校,并担任首任校长、首任小记者团团长,创办《金童卡》和《金童世界》名牌少儿电视专栏节目。

2019 年由中华全国新闻工作者协会授予"从事新闻工作三十年"新闻行业最高荣誉纪念章和证书,以纪念和表彰为社会主义新闻事业所做出的积极贡献。

多部电视作品曾参评国际电影电视艺术节小单元作品比赛,曾荣获国家"第七届神农奖"新闻金奖、牡丹奖、泰山奖、青岛市新闻一等奖、山东省新闻和公益广告金奖。

现任:青岛影视文化研究会会员、青岛市摄影家协会会员、青岛市老摄影家协会副秘书长、山东省摄影家协会会员、山东省新闻美术家协会会员、山东省作家协会会员。

出版的个人作品专著:

2011 年九州出版社出版《大医精诚》,当年在青岛书城举办赏读会。

2017 年由山东画报出版社出版《生死尊严》,并在青岛市图书馆举办读者交流会。

2018 年,《大医精诚》《生死尊严》已被青岛市图书馆、青岛文学馆、山东中医药大学图书馆收藏,被青岛市档案馆永久收藏。

2019 年写作《无一例外·内部交流手册》,12 月 1 日在青岛市图书馆举行读者交流活动后,当年荣获"2019 青岛好书榜",系 2019 年度评选出的青岛籍作者 30 本好书之一。

2021 年《无一例外·纪念版》由中国海洋大学出版社出版,已被青岛市图书馆和青岛文学馆收藏。

2021 年,参与青岛市政协文化文史和学习委员会主编创作的《青岛文史资料》(第 24 辑)一书,已由青岛出版社正式出版,并被青岛市图书馆、青岛文学馆收藏。

2021 年,新作品《实言微语》由中国海洋大学出版社出版。

曾有多篇作品在《作家报》和《青年记者》全国新闻核心期刊、中国广播影视专业书籍和解放军出版社出版。并被"中国知网"数据库收录。

作品《生死尊严》已被推荐为青岛市文学艺术创作重点工程项目,参评国家"五个一"奖。

后记

　　2021 年 6 月,中国海洋大学出版社尚在为我编辑出版《无一例外·纪念版》一书,接近杀青,我通过电话咨询了《无一例外·纪念版》的责任编辑邹伟真老师,探寻可否在书籍出版后,再出版一本新的纪实性散文随笔作品《实言微语》,用新闻记者的视角,从不同的侧面,记录生活和社会现实,反思人类的行为,探索人生的意义。

　　邹老师让我填报一份出版申请,随后在青岛市广播电视台台长办公室王东老师、阎文老师及时精准的资料传输等多次多种形式的帮助下,邹伟真老师很快帮我再次争取到出版新书的机会,让我喜出望外,不胜感激。

　　要知道,在同一年度,同一出版社,半年之内出版两本新书,实在是不多见的事情,中国海洋大学出版社和青岛广电我的老师和同事们的帮助支持,大大激励了我的创作激情,我由衷地感谢他们的倾情相助!

　　责任编辑邹伟真老师,是现实社会中,十分罕见的、认认真真做学问,仔仔细细做出版编辑工作,年轻有为的专业技术人员。这位毕业于中国海洋大学的硕士研究生,在工作上和各项出版程序的落实上,踏踏实实,令人信任,一丝不苟,难能可贵。《无一例外·纪念版》按出版合同时间,正式出版发行后,她曾应邀来到青岛广电做客,我们有了第一次的面谈。这次面谈交流,进一步确定了《实言微语》的合作编辑出版事宜,邹伟真老师总是谦虚而彬彬有礼地多次表达了双方合作出版的愿望:我们一定要好好地密切合作,争取把《实言微语》编辑出版成为一部精品!遇有这样的一位责任编辑,是我人生创作中的荣幸。一部好作品的出版面世,应该是作者与专业编辑的精诚紧密合作的结晶,作品凝聚着中国海洋大学出版社的鼎力相助,也凝聚着责任编辑与创作者共同劳作的成果,一切成就都是来之不易的,都是要用一颗感恩的心,来表达对所有支持者和鼓励者的感激之情的!

从现在起,满打满算,还有不到 23 个月,也就是不到 660 天的时间,我就到达国家法定的退休年龄了,想想真快,从部队回到地方工作时,才 23 岁,整天穿着一身军装,不舍得脱。鞠侃彬兄长骑自行车从青岛市人民医院院长办公室借调我去青岛电视台新闻部工作,那是 1991 年的夏天,而 2021 年 9 月 15 日,一转眼,青岛电视台就建台整整 50 年了,我来电视台工作也已经整整 30 年了。这 30 年,有我的梦想实现;有我的"芳华"岁月中的努力与拼搏;有我遭遇的各种"瓶颈";也有老师贵人的相助;也有不卑不亢,永不言弃的自律与反思,越挫越勇的人生骨气。

不惧留下贻笑大方的印象,我的心理年龄始终还是停留在 23 岁,而实际已经"年近花甲"啦!那又怎么样呢?!我始终感到:心态决定命运。这是真理!只要自己不把自己打倒,是没有人可以击垮你的,这一点也是我认知的真理!

时间对于我来说,异常珍贵!读书、写作、散步锻炼、架构思考,看经典电影、精品电视剧,经典欣赏音乐,进行纪实摄影,学习、反思、积累、创作,这些都需要大量的时间,稳定的心境支持。每晚的创作活动,凌晨0点,1点开始都是早的,甚至为了一篇即将喷薄而出的文章,不停地打开台灯记录,在笔记本电脑前,几个小时不离凳子,直至窗外鱼肚白,6点钟天已经大亮了起来,整夜未眠。

也许,许多搞文字排列组合的"写作者"和"摄影爱好者"大致都有这样的同感和经历吧,"兴趣是最好的老师",经历的痛苦与收获的喜悦同在,这样的创作,短时间损害了身体,长时间得到了积累和成果。这就叫"累并快乐着"!

2022年农历的十月二十五日,是我亲爱的母亲"百年诞辰"纪念日,计划明年出版一部《入镜还素》——子实的纪实摄影与纪实文学集。

纪实摄影,纪实文学创作,是我从事电视新闻记者专业之外的爱好所在。散步、读书、看经典影视,欣赏经典音乐等,构成我业余生活的全部。因而,我的人生态度和言行,似乎总是有些"反潮流",或沉默寡言、或特立独行、或"孤独孤僻"而"不入群",其实,"道不同,不相为谋",每个人的时间和语言,都是独特的,都是弥足珍贵的,互相不入眼的人,又何必相互之间浪费时间和生命呢?!有时,自己与书中人物的对话,自己与大自然的对话,特别是自己与自己的心灵对话,在我看来,是一种超高级的精神和灵魂享受,不足与外人道也!

2023年7月退休后,我将开始《再经历》纪实作品的创作,在2003年自己40周岁时,用100支签字笔手写完成42万字《经历》一书之后,再把2003~2023年20年间所发生的真实事件,进行整理记录,还是在延续一个电视新闻记者的职业追求吧,尽管,这两部书绝对不可能对外正式出版发行。在创作《再经历》过程中,

2023 年,争取再正式出版一部书《视觉岁月》,这部作品,将是一部自己 60 年生命历程与各个时代的影视经典、过去与现实历史的纪实性影视观赏评论作品集,家中的书橱里,积累了若干与我有同时代经历的经典影视作品,将是我创作最好的素材,也是记录人生与历史的最佳方案。

再一次衷心感谢中国海洋大学出版社给予我的抬爱,感谢青岛市档案馆、青岛市图书馆、青岛文学馆等给予的大力支持和对于我出版作品的雅存馆藏!衷心感谢一切给予我创作上的激励和帮助的朋友们!

未来的人生,我将安安静静地,按照自己的想法,慢慢地享受生活,也要享受自己多年来不懈努力的劳动成果。2010 ～ 2021 年的十余年间,我与家人一起,先后送走了四位老人;抚养孩子成长;照顾大家小家,也实在太累啦!如今,随着年龄一步步由青年、中年即将迈入老年,想真正过一过自己想要的生活了。正如季羡林先生对待生命的认识一样,他引用陶渊明的诗句作为自己人生的座右铭:

> 纵浪大化中,
>
> 不喜亦不惧。
>
> 应尽便须尽,
>
> 无复独多虑。

季羡林先生对待生死的态度是:我将鱼贯而入,绝不加塞!

这些生命的启示都十分重要,只有明白了,有所准备,知足珍惜,才能把未来的日子过好!

读书是一件快乐的事!

写书创作是一件快乐的事!

我将在自己未来的人生中一以贯之！

终生我将永远追求做一个现实生活中的简朴者，精神世界里健康干净、真诚善良、纯朴友爱、勤奋博学的高贵者。

2021 年 8 月 29 日

子实于青岛逍遥轩东窗书屋